KB062442

로크미디어가
유혹하는
재미있는 세상

ROK
MEDIA
로크미디어

천외천의 주인 14

2021년 8월 10일 초판 1쇄 인쇄
2021년 8월 13일 초판 1쇄 발행

지은이 한수오
발행인 김정수 강준규

기획 이기헌 왕소현 박경무 강민구
책임편집 오영란
마케팅지원 배진경 임혜솔 송지유 이영선

발행처 (주)로크미디어
출판등록 2003년 3월 24일
주소 서울시 마포구 성암로 330 DMC첨단산업센터 318호
Tel (02)3273-5135 편집 070-7863-8596 **Fax** (02)3273-5134
홈페이지 rokmedia.com **E-mail** rokmedia@empas.com

ⓒ 한수오, 2020

값 8,000원

ISBN 979-11-354-9401-7 (14권)
ISBN 979-11-354-8621-0 04810 (세트)

한수오 신무협 장편소설

14

천외천의 주인

| 환란患亂의 바람 |

차례

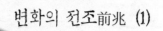

변화의 전조前兆 (1)

장내가 찬물을 끼얹은 것처럼 고요해졌다.

파사검 채앙의 주검이 그 속에서 피를 허공에 흩날리며 바닥으로 추락했다.

털썩-!

무섭게 느껴지는 소음이 장내를 가로지르는 가운데, 찰나의 순간이 영원처럼 길게 흘렀다.

천하의 누구도 이십팔숙의 하나인 파사검 채앙이 이처럼 허무하게 죽을 수 있다는 것을 예상하지 못했을 터였고, 지금 장내의 사람들도 그 범주를 벗어나지 못했다.

특히 요미를 모르는 적들은 더욱 그랬다.

황당하다 못해 어처구니가 없는 표정들이었다.

채앙을 사사한 추여광의 경우는 한둘 더 떠서 자신의 눈을 의심하는 태도였다.

　멍하니 서서 눈만 끔뻑거리고 있었다.

　무언가 착각을 하는 것이라고, 사실이 아니라 환상을 보는 것이라고 생각하는 것 같았다.

　그러나 모든 것은 엄연한 현실이었다.

　허공에 점점이 흩어지는 핏방울과 채앙의 주검이 바닥에 처박히는 소리, 그리고 달빛이 밝게 비추는 땅바닥을 검붉게 적시는 핏물이 웅변적으로 그것을 대변하고 있었다.

　무엇보다도 이윽고 설무백의 입에서 흘러나온 한마디가 적아를 구분하지 않고 장내의 모두에게 현실을 일깨워 주었다.

　"몇 가지 물어보고 싶은 것이 있었는데, 아쉽게 되었군."

　멈추어진 것 같던 시간이 이 순간, 다시 흐르기 시작했다.

　이제야 현실을 인식한 추여광 등에게 경악과 분노가 전해졌다.

　뒤늦게 커지는 눈들과 절로 벌어지는 입들이 그것을 대변하고 있었다.

　요미가 저지른 뜻밖의 살인에 놀라서 설무백의 눈치를 보던 공야무륵 등에게는 안도가 내려앉았다.

　설무백의 말은 아쉽지만 어쩔 수 없다는 뜻이었고, 그건 요미의 되바라진 행동을 묵인한다는 의미와 같았기 때문이다.

　그때 추여광이 소리쳤다.

"죽여라! 한 놈도 살려 두지 마라!"

"누가 할 소리를……!"

설무백은 혼잣말을 뇌까리고는 추여광을 향해 다가가며 냉소를 날렸다.

"이하동문이다, 이놈아!"

공야무륵과 위지건 등은 따로 설무백의 공격 명령을 기다리지 않았다.

그저 추여광의 명령에 따라 사방에 깔려 있던 도부수들이 움직임과 동시에 반응해서 나섰다.

기합과 비명이 어우러지고, 병장기가 부딪치는 쇳소리가 어지럽게 뒤섞이며 치가 난무했다.

장내가 삽시간에 아수라장으로 변해 버렸다.

그러나 설무백은 그런 장내의 싸움은 자신과 아무런 상관이 없다는 듯 묵묵히 추여광을 향해 다가갔다.

실제로 그는 장내의 싸움에 전혀 신경 쓰지 않고 있었다.

지금 장내에 있는 자들은 죽련의 전위대 중 하나인 제선대의 대원들일 것인데, 제선대가 제아무리 북련의 정예들이라고 해도 고작 백 명 남짓한 인원으로 공야무륵과 위지건 등을 상대할 수는 없다는 것이 그의 믿음이자 확신이기 때문이다.

그리고 그와 같은 믿음과 확신은 공야무륵 등을 보는 설무백에게만이 아니라 설무백을 보는 공야무륵 등도 똑같이 가지고 있었다.

그래서였다.

설무백이 공야무륵 등을 완전히 믿고 장내의 상황에 전혀 신경 쓰지 않는 것처럼 공야무륵 등 역시 설무백을 철저히 믿고 있었다.

공야무륵과 위지건, 그리고 잠시 자리를 비운 혈영을 제외한 흑영과 백영, 요미가 거칠 것 없이 사방으로 흩어져서 적을 상대하는 이유가 바로 그 때문이었다.

싸움이 벌어지면 자신은 신경 쓰지 말고 적을 도륙하라는 것이 사전에 그가 주지시킨 명령이었다.

그에 반해 적은, 추여광 등은 달랐다.

추여광은 불안한 기색으로 장내의 싸움을 둘러보고 있었고, 그의 곁에는 설무백과 달리 네 명의 사내가 삼엄하게 지키고 있었다.

어쩌면 상황이 그래서였는지도 몰랐다.

설무백의 예상처럼 백마사에 매복한 추여광의 수하들은 공야무륵 등의 상대가 되지 못했다.

공야무륵 등은 일방적으로 적들을 도살하고 있었다.

차이가 나도 너무 나서 양떼 우리에 뛰어든 늑대와 다름없는 모습이었다.

누가 누구를 노리고 함정을 판 것인지 도통 알 수가 없는 상황 전개였다.

"아니, 어떻게 이런 일이⋯⋯!"

추여광은 그런 장내의 상황에 눈이 팔려 있었다.

그는 너무 놀라고 당황해서 정신이 없는지 설무백이 다가오고 있다는 사실조차 잊은 것 같아 보였다.

물론 추여광이 바보도 아니고 무작정 그러는 것은 아니었다.

그건 그가 자신의 곁을 지키는 자들을 그만큼 믿고 있다는 방증일 것이다.

그것을 대변하듯 그에게 다가서는 설무백을 매섭게 주시하던 그들 중, 두 사내가 반응을 보였다.

두 사내는 한순간 뛰어나와서 좌우로 흩어지고, 다시 설무백을 중심에 두고 하나로 합쳐지며 수중의 검을 내미는 동작이 어찌나 치차처럼 정교하면서도 정확하게 맞물려 돌아가는지 한두 해 같이해 본 합공이 아니었다.

게다가 예리하게 사각을 노리고 찔러드는 검극에서 번뜩이며 광망 (光芒)이 있었다.

얼핏 봐도 한 자를 상회하는 검기였다.

두 사내 모두 예사롭지 않은 검공(劍功)를 수련한 검도 고수인 것이다.

그러나 쇄도하는 그들을 쳐다보는 설무백은 태연자약했다.

그는 어떤 대응도 하지 않고 태연하게 서서 쇄도하는 그들의 검극을 지켜볼 뿐이었다.

그러다 한순간 그는 벼락처럼 움직여서 면전에 도달한 그들을 향해 두 손을 뻗으며 팔방으로 휘둘렀다.

순간!

타다닥-!

경쾌한 타격음이 터지며 매섭게 찔러 들던 사내들의 검극이 좌우로 튕겨 나갔다.

설무백의 손이 정확히 검인(劍刃 : 검날)을 피해 정확히 검신(劍身 : 검의 옆면)쳐서 튕겨 낸 것인데, 이어서 움직인 그의 손이 두 사내의 가슴을 치고, 뺨을 후려침과 동시에 목을 잡아서 서로 머리를 박게 한 다음 멀리 내던져 버렸다.

마치 버릇없이 시비를 거는 아이들을 몇 대 때려 준 다음 한 손에 하나씩 뒷덜미를 잡아서 서로 부딪치게 하고, 아무렇지도 않게 내던져 버린 것이다.

다만 설무백의 손 속이 너무나도 빨라서 다른 사람들의 눈에는 추여광을 지키던 두 사내가 설무백을 보고 일격에 베어 버리려고 달려들었다가 이유도 모르게 용수처럼 튀어 나가는 것으로 보일 뿐이었지만 말이다.

하지만!

"크으……!"

두 사내가 신음 속에서 피를 흘리며 날아가는 와중에, 상황을 제대로 보지 못했음에도 불구하고 그 틈을 노려 공격에 나선 사람도 있었다.

나가떨어지는 두 사내와 함께 추여광의 곁을 지키던 남은 두 사내가 바로 그들이었다.

그런데 그들의 공격이 참으로 묘했다.

득달같이 앞으로 나서며 한순간 좌우로 흩어지는 것은 앞선 두 사내와 같았으나, 갑자기 거기서 멈춰 서서 태세를 갖추며 두 사람이 동시에 수중의 검을 그에게 던졌다.

'비도술……?'

분명 비도술이었으나, 보통의 비도술로 보이지 않았다.

우선 두 사람이 거의 동시에 날린 두 자루 검은 그 방향이 제각각이었다.

다만 그럼에도 불구하고 설무백을 노리는 것이 명백해 보였고, 실제로 그랬다.

두 자루 검은 마치 바람을 타고 나는 나비처럼 불규칙하면서도 살아 있는 새처럼 빠르게 허공을 가르며 선회하다가 설무백을 향해 모여들고 있었다.

워낙 빠른 속도로 움직이는 까닭에 어지간한 고수도 파악하기 어려운 동선이었지만, 적어도 설무백은 그 정도는 어렵지 않게 볼 수 있는 고수였다.

설무백은 그제야 알아보았다.

"회풍무류사십팔검(廻風舞柳四十八劍)!"

구대문파의 하나인 점창파의 비기였다.

예로부터 점창파의 검공은 명문 정파답지 않게 악독하다는 얘기를 들을 정도로 잔인하다는 평가를 듣고 있었고, 그 백미

가 바로 그들 문파만의 독창적인 비검술인 회풍무류사십팔검
이었다.

분명 어검술이 아님에도 그와 유사한 효과를 보여 주는 검
공이라 어찌 보면 속임수라는 느낌이 들 수도 수법이었다.

그렇지만 일단 경지에 들어설 경우, 상대에게 제대로 손써
볼 틈도, 여유도 주지 않고 꼬치처럼 꿰어 버리는 까닭에 인
정하기 싫어도 인정할 수밖에 없는 고도의 검법이 바로 점창
파의 비기인 회풍무류사십팔검이었다.

그러나 이번에도 역시 설무백은 여유가 있었다.

점창파의 회풍무류사십팔검이 제아무리 뛰어나다고 해도
어검술이 아니라 비검술이라는 것에는 이견이 있을 수 없고,
지금의 그는 어검술도 두렵지 않은 경지에 도달한 초극의 고
수였기 때문이다.

예전의 그는 고강한 내공과 다양한 무공을 가졌음에도 적을
쓰러뜨리는 데 급급했고, 그에 따라서 본의 아니게 과한 손 속
을 쓰는 경우도 적지 않았으나, 지금의 그는 전혀 그렇지가 않
았다.

지금의 자신이 어느 정도의 경지에 올라선 것인지는 몰라
도, 최소한 힘으로 밀어붙이는 싸움보다는 끝까지 침착함을
유지하며 상대를 보고 적절한 시기에 적당한 손을 쓰는 것으
로 상대를 쓰러트리는 싸움이 자신의 경지에 어울리는 싸움이
라는 것을 느끼고는 있었다.

그래서 그는 상대인 점창파의 검객들에게도 그렇게 했다.

"점창파란 말인지?"

설무백은 점창파의 검객들이 날린 두 검이 그야말로 면전에 이를 때까지도 침착함을 잃지 않고 검극의 방향과 그에 따른 예리함, 그리고 그 안에 실린 위력을 파악했다.

그래서 지금 날아오는 두 자루의 검이 앞서 해치운 두 사내의 검을 압도하긴 하나 그가 감당할 수 없는 위력이 담겨 있지는 않다는 것을 알아보며 순간적으로 손을 내밀어서 강하게 내쳤다.

채쟁-!

뼈와 살로 이루어진 맨손과 강철로 만들어진 검이 충돌했는데 쇳소리가 울리며 불똥이 튀었다.

청광을 발하는 청마수나 거무튀튀한 묵빛의 구철마수와 달리 그저 은은할 뿐 맨손처럼 아무런 징후도 없지만, 천기혼원공에 기반한 무극신화강의 완성으로 인해 극강의 경지에 오른 무적의 손, 일명 무극신화수(無極神化手)로 세 자루 검을 쳐서 되돌려 보낸 것이다.

피융-!

엄청난 파공음이 공기를 갈랐다.

배는 빠른 속도로 주인에게 되돌아가는 두 자루 검의 위력이 그처럼 엄청났다.

제아무리 자기 손으로 날린 검이라고 할지라도 거기에 다른 사람의 힘이 더해지게 되면 제대로 회수하기가 어려울 수밖에 없다.

그것이 아무리 정해진 초식에 따라 날린 검이라도 다르지 않다.

어쩌면 정해진 초식으로 날렸기 때문에 더욱 회수하기가 어려운지도 모른다.

다른 힘의 개입으로 인해 기존의 초식이 전혀 다른 형태로 바뀌었기 때문이다.

그래서 이런 경우 피하는 것이 상책이었는데, 놀랍게도 점창파의 검객들은 피하지 않았다.

엄청난 속도로 되돌아오는 검의 위력에 압도된 기색이면서도 제자리를 지켰다.

목숨을 걸고 되돌아오는 검을 받아 내려는 것인데, 아쉽게도 그게 가능할 리가 없었다.

"윽!"

점창파의 검객들은 누구 하나 제대로 검을 잡아내지 못한 채 거의 동시에 비명을 내지르며 나가떨어졌다.

두 사람이 나가떨어졌는데 비명이 하나인 것은 한 사내는 그저 내손을 내밀어서 검을 잡으려다가 손목만 날아가고 말았으나 다른 한 사내는 정면에서 검을 잡으려다가 손과 목이 거의 동시에 베어져서 비명도 지르지 못하고 죽어 버렸기 때문이다.

"……!"

추여광은 자신을 지키는 사내들을 매우 신임했고, 특히 점창파의 검객들에 대한 믿음이 각별했던 것 같았다.

생과 사로 나뉘어서 나가떨어진 점창파의 검객들을 보기 무섭게 검을 뽑아 들며 설무백을 마주하는 그의 눈빛에는 분노보다는 경악과 불신의 빛이 더 가득했다.

설무백은 정말 아무렇지도 않게 그런 추여광을 향해 뚜벅뚜벅 다가가며 혼잣말로 중얼거렸다.

"내가 아는 너는 급살을 맞아 죽을 자였는데, 그 급살이 내 손으로 바뀌다니, 세상 참 오묘하다."

설무백의 엄청난 위압감이 장내를 압도하며 마주선 추여광의 마음을 무겁게 짓눌렀다.

고개조차 바로 들지 못할 정도로 엄청난 존재감이 설무백의 두 눈에서 흘러나와서 거미줄에 휘감긴 나방처럼 그의 전신을 옴짝달싹도 못하게 만들고 있었다.

"으……!"

추여광은 생전 처음 당해 보는 무지막지한 위압감에 굴복하지 않으려고 수중의 검을 바로 세우면서도 절로 앓는 소리를 냈다. 그리고 이내 자신의 실태를 깨달으며 수치스러워서 얼굴을 붉히며 절망감에 휩싸였다.

지금 자신이 두려움에 떨고 있음을 느꼈기 때문이다.

싸움의 승패는 싸우기도 전에 이미 결정된다고 하더니, 지금의 그가 딱 그 꼴이었다.

싸울 의지마저 사라져 버린 것이었다.

그러는 사이에도 설무백은 무심히 뚜벅뚜벅 다가와서 그의 면전에 섰다.

자신의 검극이 면전으로 다가선 설무백의 목젖을 겨누고 있다는 사실을 그는 그제야 볼 수 있었다.

순간, 그의 생각이 바뀌었다.

두려움은 여전했으나, 욕심이 생겨났다.

지금 그의 수중에 들린 검극은 상대 설무백의 목젖과 불과 한자(33.3cm)가량밖에 떨어져 있지 않았다.

약간의 힘만 가하면 아니, 만일의 사태를 염두에 두고 사력을 다하면 여지없이 설무백의 목을 벨 수 있을 것 같았다.

제아무리 엄청난 기도를 발한다고는 하나, 지금의 설무백은 방만한 자세로 서 있었기 때문이다.

내심 경계를 하고 있다고 해도 지금과 같은 자세에서는 방어도, 반격도 절대 용이하지 않을 터였다.

가능하다 해도 방어나 반격의 자세로 전환하려면 적어도 약간의 시간이 걸릴 수밖에 없다.

지금 설무백은 기고만장해서 그를 완전히 무시하고 있는 것이다. 그 오만불손한 작태를 여지없이 단번에 후회하도록 만들어 줄 수 있었다.

적어도 자신에게 그 정도 실력은 있다는 것이 마지막 남은 그의 자존심이자, 자부심이었다.

하물며 지금 그는 와중에도 전신의 공력을 두 손에 응집한 상태였다.

그때, 그가 그런 상생을 하며 살기를 일으키려는 그 순간, 설무백이 예상치 못하게 느닷없이 손을 들어서 그의 검극을 턱 하니 움켜잡았다.

"헉!"

추여광은 기겁했다.

너무 놀라서 절로 신음을 흘렸고, 반사적으로 수중의 검을 당겼다.

그러나 검은 꼼짝도 하지 않았다.

예리한 검기를 발산하던 검극이었다.

잡기는커녕 그저 지근거리로 다가오는 것만으로도 베어져야 마땅할 설무백의 손은 아무렇지도 않았고, 그의 검은 마치 거대한 철벽에 박힌 것처럼 요지부동이었다.

그 바람에 더욱 놀라 버린 추여광은 자신도 모르게 검 자루를 놓고 물러났다.

상상하지도 못할 사태 앞에서 그는 다시금 겁먹은 자라처럼 오그라들어 버렸다.

설무백은 그런 그를 지그시 바라보며 손끝으로 수중에 들어온 검신을 튕겼다.

챙-!

날카로운 쇳소리와 함께 검이 산산조각 나서 흩어졌다.

그 여파에 놀라서 추여광은 거듭 뒷걸음질 쳤다.

설무백이 슬쩍 내민 한걸음으로 그와의 거리를 좁히며 손을 내밀었다.

추여광에게는 뻔히 보면서도 피할 수 없는 기묘한 수였다.

타닥-!

설무백의 손이 순식간에 추여광의 혈도 몇 군데를 두드리고 지나갔다.

마혈이었다.

추여광의 몸은 여지없이 허수아비처럼 딱딱하게 굳어져 버렸다.

설무백은 그런 그를 쳐다보며 무심하게 경고했다.

"네게 궁금한 것이 아주 많다. 아혈은 봉쇄하지 않았으니, 제대로 대답할 자신이 없으면 지금이라도 혀를 깨물어라. 어중간한 오기로 쓸데없는 고집을 부리다가 죽고 싶어도 죽을 수 없는 고통에 몸부림치지 말고."

추여광은 절로 부르르 몸서리를 쳤다.

그저 위협을 위한 경고로 보이지 않았다.

무심하기 짝이 없는 설무백의 목소리와 태도가 그것을 대변하고 있었다.

하지만 그와 같은 설무백의 경고보다 더 그의 등골을 오싹하게 만드는 것은 시야에 들어온 장내의 전경이었다.

싸움이 벌써 끝나 있었다.

싸움이 끝난 장내에 온전히 두 발로 서 있는 그의 수하는 하나도 없었다.

백 명이 넘는 제선대의 정예들이 고작 다섯 명의 적에게 몰살에 가깝게 패배해 버린 것이다.

"도대체 어떻게 이런……?"

추여광은 정말이지 망연자실했다.

무엇이 어디서부터 어떻게 잘못된 것인지 알 수가 없어서 당최 정신을 차릴 수가 없었다.

그런 그의 시선에 새로운 혼란을 안겨 주는 광경이 들어왔다.

백마사의 영내로 들어서는 마지막 문인 불이문을 통해서 두 사내가 들어서고 있었다.

그런데 그중 한 사내의 얼굴이 낯익었다.

보다 정확히 말하면 여기 이 자리에 나타나면 안 되는 얼굴이었다.

"네, 네가 어떻게 여길……?"

추여광이 경악하는 사이, 나타난 사내도 장내의 모습에 경악하고 있었다.

"이게 대체 무슨……?"

설무백은 그에 아랑곳하지 않고 슬쩍 손을 들어 보이는 것으로 혈영과 함께 백마사의 영내로 들어서는 사내를, 바로 그가 사전에 연락을 해서 부르고 혈영에게 마중을 내보내서 이 자리로 부른 제선대의 제일단주, 독화랑 사공척을 맞이했다.

"마침 제때에 도착했군."

사공척이 경계의 끈을 놓지 않은 기색으로 그와 어색한 자세로 굳어져 있는 추여광을 번갈아보았다.

"대체 이게 무슨 일이오?"

설무백은 대수롭지 않게 장내를 둘러보며 그동안의 상황을 간단하게 설명해 주었다.

"귀하의 상관인 저자가 희 총사에게 붙여 둔 세작(細作)을 내게 보내서 희 총사가 납치되었다며 도와달라고 하더군. 그래서 와보니 함정이었고, 보다시피 이렇게 되었지. 나를 너무 무시한 결과라고나 할까?"

사공척이 추여광에게 시선을 주며 확인했다.

"사실입니까?"

추여광이 악에 받쳐 소리쳤다.

"사실이긴 뭐가 사실이라는 거냐! 어서 당장에 저놈을 잡아라! 내가 아니라 저놈이! 나를 잡으려고 저놈이 함정을 꾸민 것이란 말이다!"

사공척은 바보가 아니었다.

적어도 누가 더 작금의 상황에 어울리지 않는 말을 하고 있는지 모를 정도로 어리석지 않았다.

그는 새삼스럽게 장내를 둘러보고 나서 추여광과 시선을 맞추며 물었다.

"북련의 정예인 제산대의 정예 백여 명이 고작 여섯 명의 적이 꾸민 함정에 빠져서 전멸했다는 소립니까?"

"그, 그건……!"

추여광의 말문이 막혀 버렸다.

사공척이 대답을 기다리지 않고 울컥해서 따졌다.

"대체 무슨 일을 꾸민 겁니까?"

추여광이 지푸라기라도 잡고 싶은지 핏대를 세우며 막무가내로 우겼다.

"내가 무슨 일을 꾸민 것이 아니라 저놈이 함정을 파서 나를 이 지경으로 만들었다고 하질 않았느냐! 상황을 눈으로 보고도 모르겠느냐! 명령이다! 어서 당장 저놈을……!"

사공척이 더 듣지 않고 말을 끊으며 물었다.

"희 총사는 지금 어디에 있습니까?"

추여광의 눈동자가 갑자기 빠르게 굴렀다.

사공척으로 인해 깜빡 잊고 있던 희여산의 존재가 떠오르자, 나름 절묘한 생각이 떠오른 것이다.

그는 곧바로 음충맞은 미소를 떠올리면서 설무백을 향해 말했다.

"그래, 그녀가 있었군. 어쨌거나 너를 한달음에 여기로 달려오게 한 그녀가 말이야."

설무백은 같잖다는 듯이 추여광을 쳐다보았다.

"그 입에서 대체 무슨 얘기가 나오는지 정말 궁금하네. 그래서 어쩌자고?"

추여광이 말했다.

"그녀는 살아 있다. 그러니 교환하자. 나를 풀어 주면 그녀가 있는 곳을 말해 주겠다."

사공척이 발끈해서 소리쳤다.

"대주! 당신이 어떻게 이런 짓을……!"

설무백은 손을 내밀어서 사공척의 앞을 가로막으며 추여광을 향해 웃었다. 비웃음이었다.

"고작 생각해 낸 것이 그거냐? 미안하지만, 잘못 짚었다. 그녀가 죽든 말든 내가 알 게 뭐냐?"

"뭐, 뭐라고?"

"내가 그녀 때문에 여기 왔다고 생각하는 모양인데, 틀렸다. 내가 여기 온 것은 그녀 때문이 아니라 이 따위 어리석은 수작으로 나를 불러들인 멍청이가 대체 누군지 알고 싶었기 때문이다. 알았나, 이 멍청아!"

"익!"

추여광이 발끈한 기색으로 입을 벌렸다.

하지만 그의 입에서 다른 말이 나올 수는 없었다.

그보다 먼저 설무백이 경고했기 때문이다.

"한 번만 더 묻지도 않았는데 말하면 죽인다! 네게 묻고 싶은 것이 적지 않지만, 그게 귀찮음을 참을 정도는 아니니까 명

심해라!"

"……!"

추여광은 대번에 조개처럼 입을 다물었다.

왠지 모르지만 설무백이 하는 말은 전부 다 진심으로 들리는 그였다.

그때 사공척이 당황한 기색으로 설무백을 바라보며 말했다.

"희 총사를 구해야 하오! 그녀가 죽는다면……!"

설무백은 슬쩍 손을 들어서 사공척의 말을 막으며 무뚝뚝하게 대꾸했다.

"그녀를 구하면 좋지. 하지만 내가 원하는 것을 포기하면서까지 그녀를 구할 생각은 없다. 솔직히 말해서 나는 지금 귀하를 부른 것도 후회하는 중이다."

사공척이 영문을 모르겠다는 듯 당황스러워했다.

"대체 그게 무슨 말이오?"

설무백은 그냥 무시해 버리려다가 절실해 보이는 사공척의 눈빛을 보자 생각을 고쳐먹고 설명해 주었다.

"내가 귀하를 여기로 부른 것은 순전히 이 상황을 수습하기 위해서였다. 그것도 안면이 있어서가 아니라 명색이 정도의 기둥이라는 구대문파의 제자가 동료를 배신하거나 하는 도리에 어긋나는 짓은 하지 않을 것이라고 생각했기 때문이다. 그런데 봐라."

그는 장내의 한쪽에 하나는 목이 베어져서 죽고, 다른 하나는 손목이 잘려진 채로 혼절해 있는 두 사내를 가리켰다.

점창파의 두 검객이었다.

"점창파의 제자들이다. 남맹의 일원인 점창파의 제자가 어떤 연유로 북련의 전위대에 속해 있느냐는 것은 내가 알 바 아니니 차치하고, 결국 구대문파의 제자도 어쩔 수 없다 거다. 그래서 이제 나는 귀하도 믿지 않는다."

사공척이 다급하게 사정했다.

"저들에 대한 것은 내가 정확히 알아보겠소. 그러니 희 총사에 관해서만큼은……!"

설무백은 새삼 손을 쳐들어서 사공척의 말문을 막으며 추여광을 향해 돌아섰다.

"우선 이자의 말부터 들어 보도록 하지."

사공척이 어쩔 수 없다는 표정으로 깊은 한숨을 내쉬며 한 걸음 물러났다.

추여광이 그 모습을 쳐다보며 냉소를 날렸다.

"내 입에서 네가 얻을 것은 아무것도 없을 거다! 고작 고문 따위의 비열한 수단에 굴복하느니 차라리 죽고 말테니까!"

"말은 청산유수네. 근데, 누가 죽인데?"

설무백은 태연하게 대꾸하고는 특유의 미온한 미소를 머금은 채 한 걸음 앞으로 다가서서 자신의 얼굴을 추여광에게 가까이 내밀고는 계속 말했다.

"죽이지 않아. 죽고 싶어도 죽지 않게 살려 둘 거야. 차라리 죽여 달라는 말이 절로 나올 때까지. 과연 그런 지경이 되어서도 네 입에서 지금과 같은 말이 나오는지 어디 한번 두고 보자고."

추여광이 새삼 부르르 몸서리를 쳤다.

심연처럼 고요하면서도 더 없이 싸늘한 느낌을 주는 설무백의 눈동자가 다시금 그에게 공포를 안겨 준 것이다.

설무백은 그에 아랑곳하지 않고 무심하게 한 발짝 물러나며 무심하게 말했다.

"공야무륵, 이제부터 이자가 내가 묻는 말에 즉시 대답을 않고 망설이거나, 쓸데없는 반문으로 시간을 끌며 가차 없이 사지의 하나를 베라. 손부터 시작해 다리다."

"옙!"

공야무륵이 마치 그 명령을 기다리던 사람처럼 두말없이 도끼를 들고 앞으로 나섰다.

앞선 격전으로 인해 아직 마르지 않은 피가 끈적끈적하게 서슬에 달라붙은 도끼 한 자루가 당장이라도 내려칠 수 있을 것처럼 그의 어깨에 걸쳐졌다.

추여광은 두려운 기색으로 그 모습을 주시하며 절로 마른 침을 삼켰다.

과연 진심일까 아니면 단순한 위협일까 하는 의심이 서린 눈초리였다.

설무백은 그런 추여광의 감정을 냉정하게 직시하며 조용히 말문을 열었다.

"지금부터 내가 네게 물어볼 것은 세 가지다. 그럼 첫 번째, 여기 백마사의 승려들은 어떻게 처리했나?"

추여광이 이건 굳이 감출 이유가 없는 문제라는 듯이 픽 웃으며 대답했다.

"스물다섯 명 전부 대철종(大鐵鍾)이 자리한 뒤쪽 대불전(大佛殿)에 넣어 두었다."

설무백은 살짝 미간을 찌푸렸다.

넣어 두었다는 대답이 그들의 상황을 말해 주고 있었다.

"다 죽였군?"

"비밀을 지켜야 했으니까."

추여광이 대수롭지 않게 대꾸하며 웃었다.

죄의식이라고는 눈곱만큼도 보이지 않는 모습이었다.

당연히 할 일을 했다는 태도였다.

설무백은 그 모습이 역겨워서 절로 주먹에 힘이 쏠렸으나, 애써 눌러 참았다.

궁금했던 전생의 역사를 이해한 대가라고 자위했다.

'내가 아는 저자의 급살이 결국 소림의 짓이었다는 건가?'

가능성만 놓고 보면 그랬다.

그가 가진 전생의 기억에 따르면 백마사의 승려들은 소림사와 밀접한 관계를 가지고 있었다.

소림사와의 관계가 외부로 알려지지 않은 이유는 백마사가 제반 잡역에 종사하는 사판승(事判僧)의 영역인데다가, 소림사가 외부에서부터 들어오는 자금 통로를 철저히 비밀에 붙였기 때문이다.

따라서 소림사가 나섰고, 백마사의 승려들을 죽인 범인을 추적한 끝에 추여광을 찾아내서 죽였다는 것이 그가 아는 추여광의 급살일 가능성이 매우 높은 것이다.

'혹시 이번 사건으로 소림이 먼저 남북대전에 나서는 계기가 되는 건가?'

정도의 하늘이라고 불리는 구대문파 중에서도 무림의 태산북두로 구분되는 소림사와 무당파는 그간 내내 침묵한 채 남북대전에 나서지 않고 있었다.

그러나 설무백이 가진 전생의 기억에 따르면 시기가 조금 늦어졌을 뿐이지 소림사와 무당파도 엄연히 남북대전에 참가했다.

어쩌면 이번 사건이 소림사가 남북대전에 나서는 계기일지도 모르는 것이다.

'아무려나, 사실이 그렇다면 추여광의 죽음이 급살로 소문난 것은 소림사도 그림자들을 키우고 있다는 소리겠네.'

아마도 그럴 것이다.

소림이 추여광을 죽였는데, 그게 급살로 소문날 이유는 그것 하나밖에 없었다.

설무백은 본의 아니게 이제 사람이 아니라 시체를 보는 것 같은 눈초리로 추여광을 바라보며 그 누구도 상상하지 못할 두 번째 질문을 던졌다.

"좋아, 그럼 두 번째 질문. 너는 천사교의 교도냐?"

"뭐, 뭐라고?"

추여광은 설무백의 첫 번째 질문이 우스웠던지 한결 여유를 찾은 모습이었다.

그런 그의 태도가 대번에 변해서 두 눈이 튀어날 것처럼 휘둥그레졌다.

백주대낮에 날벼락을 맞은 듯한 모습이었다.

설무백의 이번 질문은 정말 그가 꿈에서조차 상상할 수 없는 질문이었던 것이다.

"그, 그게 무슨……?"

공야무륵의 어깨 걸쳐 있던 도끼, 반월형으로 크게 휘어진 양쪽의 날로 인해서 얼핏 보면 륜(輪)처럼 보이는 양인부가 가차 없이 휘둘러졌다.

툭-!

추여광의 왼쪽 팔이 어깨에서부터 석둑 잘려 나가서 바닥으로 떨어졌다.

다섯 개의 손가락이 바르르 떨리고 있었다.

너무나도 비현실적인 그 모습에 현실에 대한 자각이 사라진 모양이었다.

추여광은 바닥에 떨어진 자신의 팔을 그저 멀거니 바라만

보고 있었다.

"으으……!"

"너는 천사교의 교도냐?"

설무백은 뒤늦게 자각한 현실에 놀라서 신음하는 추여광을 냉정하게 직시하며 재차 물었다.

"나, 나는……!"

추여광이 급격히 초초해진 기색으로 불안하게 흔들리는 눈동자를 이리저리 굴리며 말을 더듬었다.

공야무륵이 추호도 기다리지 않고 수중의 도끼를 쳐들었다.

"잠깐!"

설무백는 부지불식간에 손을 내밀어서 공야무륵의 행동을 막았다.

가차 없이 내리쳐지던 공야무륵의 도끼가 간발의 차이로 허공에서 멈추었다.

설무백은 그와 상관없이 미심쩍은 눈빛을 드러낸 채 추여광에게 바싹 다가서며 다그쳤다.

"너는 천사교의 교도냐?"

"나, 나는…… 천사교의……!"

추여광이 어딘지 모르게 힘들어하며 말을 더듬었다.

와중에 마치 목이 조여서 숨을 쉬지 못하는 것처럼 그의 얼굴이 서서히 붉게 변해 가고 두 눈의 실핏줄이 터졌다.

"이런 젠장!"

설무백은 그제야 혹시나 하던 의심이 확신으로 변해서 절로 욕설을 뱉으며 신속하게 추여광의 몇 군데 혈도를 점했다.

그러나 이미 늦었다.

붉다 못해 시커멓게 변한 추여광의 얼굴이 한껏 일그러지며 갑자기 토악질을 했다.

크게 벌어진 그의 입에서 검붉은 핏물이 꾸역꾸역 흘러나왔다.

"젠장!"

설무백은 새삼 욕설을 뱉었다.

이건 그만이 아니라 공야무륵 등도 눈에 익은 광경이었다.

지난날 호화루주 상백곡, 그리고 후군도독 등평과 영락없이 같은 증상이었다.

추여광도 그들처럼 고도의 고독술에 당한 상태였던 것이다.

"아니, 이게 대체 무슨……?"

사공척이 크게 당황한 모습으로 나섰다.

"고독술."

설무백은 짧게 대꾸로 사공척을 외면하고, 장내 한쪽에 쓰러져 있는 점창파의 검객을 쳐다보며 말했다.

"깨워 봐."

공야무륵이 눈치 빠르게 나서서 팔이 잘려진 채 혼절해 있는 점창파의 검객을 흔들어 깨웠다.

점창파의 검객은 깨어나지 않았다.

공야무륵이 무언가 심상치 않은 기색을 느낀 듯 점창파 검객의 기식을 살피더니, 쓰게 입맛을 다시며 설무백을 향해 어깨를 으쓱했다.

"죽었습니다."

설무백은 허탈할 정도로 실망스러웠으나, 어쩔 수 없었다.

사람은 하반신이 몽땅 잘려 나가도 사는 경우가 있지만, 팔하나만 잘려 나가도 살지 못하고 죽는 경우도 있다.

그건 내공을 수련한 무림의 고수도 다르지 않다.

제아무리 무림의 고수라도 내공이 조화 지경에 이르지 않는 한 신체의 일부만 잘려 나가도 죽을 수 있는데, 하필이면 점창파의 검객이 그런 경우인 것이다.

"재수도 없지……!"

설무백은 한마디 투덜거림으로 아쉬움을 떨쳐 내며 다시 명령을 내렸다.

"아직 죽지 않은 자들을 모아 봐. 추 가가 말한 뒤쪽의 대불전도 확인해 보고."

공야무륵 등이 서둘러 장내를 돌며 산 자와 죽은 자를 가려서 따로 분리했다.

백마사의 승려들의 주검을 넣어 두었다는 뒤쪽의 대불전은 요미가 한달음에 다녀와서 보고했다.

"이 자식 말대로야. 아주 나쁜 자식이야 이 자식! 어린 사미승까지 죽였어!"

요미가 씩씩대며 바닥에 고꾸라진 추여광의 주검을 발로 걷어차고 침을 뱉었다.

공야무륵이 그런 그녀를 슬쩍 옆으로 밀치며 나섰다.

"죽지 않은 자는 열다섯입니다."

죽지 않는 자는 열다섯 명이었지만, 그중에 여섯 명은 아직 죽지 않았을 뿐, 죽어 가는 자들이라 정신을 차리지 못했고, 아홉 명만이 정신을 차린 채로 무릎이 꿇려졌다.

공야무륵 등의 손 속이 얼마나 가차 없이 살벌했는지를 대변하는 결과였다.

설무백은 그들 앞에 서서 짧고 간단하게 물었다.

"희 총사는 어디에 있냐?"

살아남았다고는 하나, 여기저기 베이고 찢겨서 선혈이 낭자한 사내들이 서로서로 눈치를 살폈다.

사내들의 시선이 은연중에 한 사람에게 쏠리는 것을 설무백은 예리하게 놓치지 않았다.

아마도 그 사내가 지금 이 자리에서 가장 높은 서열인 것 같았는데, 역시나 그 사내가 이내 조심스럽게 말문을 열었다.

"살려 주시오. 우리는 그저 상관의 명령에 충실했을 뿐, 이 안에 어떤 내막이 있는지 전혀 모르오."

설무백은 냉정한 눈초리로 사내를 바라보며 물었다.

"지금 내게 희 총사의 위치를 두고 협상을 하는 거냐?"

사내가 다급히 대답했다.

"그게 아니오. 나는 다만……!"

설무백은 냉정하게 말을 잘랐다.

"아니라면 사족 붙이지 말고 그냥 얘기해. 괜히 쓸데없는 말로 성질 돋우지 말고."

사내가 진땀을 흘리며 눈치를 보다가 어쩔 수 없다는 듯 말문을 열었다.

"희 총사는 낙양성내의 북문대로와 붙은 녹무방(綠無坊)의 빈민가인 축양호동(畜養胡同)의 창고에 갇혀 있소. 그 지역에 창고라고는 그거 하나뿐이라 인근에서 물어보면 다들 알고 있을 거요."

"확실해?"

"확실하오! 그러니 부디 우리를 선처해 주시오! 정말로 우리는 그저 명령에 따라서……!"

설무백은 불쑥 말을 끊으며 물었다.

"너희들에게 부모를 죽이라는 명령을 내렸어도 군소리 없이 충직하게 따랐을까?"

"어……!"

사내가 대답은 못하고 눈이 켜져서 입만 벙긋거리다가 이내 바닥에 머리를 박았다.

"살려 주십시오!"

다른 사내들도 일제히 바닥에 머리를 박으며 소리쳤다.

"살려 주십시오!"

"너희들이 죽여서 대불전에 내던진 승려들은, 그 어린 사미 승은 살려 달라고 안 하더냐? 그래서 그냥 죽여 버린 거냐?"

설무백은 불타는 눈빛으로 냉정하게 쏘아붙이고 매정하게 돌아서며 일갈했다.

"죽여라!"

공야무륵과 혈영이 기다린 것처럼 거의 동시에 나섰다.

아직 피가 마르지 않은 도끼와 시퍼런 칼날이 무지막지한 속도로 사내들 사이를 헤집었다.

"으악!"

"크악!"

단말마의 비명이 연이어 터지며 피와 살점이 난무하는 살 육이 순식간에 시작되고 또 그렇게 순식간에 끝났다.

불과 한 번의 호흡이 끝나기도 전에 아홉 개의 목숨이 지옥 으로 날아가 버렸다.

설무백은 그런 장내를 쳐다보지도 않고 돌아서며 사공척을 향해 말했다.

"대충 상황은 파악했을 테고, 뒤처리 가능하지?"

사공척이 단호하게 고개를 저었다.

"이건 나 혼자 처리할 수 있는 문제가 아니오."

설무백은 냉담하게 가라앉은 사공척의 눈빛에 담긴 의도를 직감하고는 픽 웃으며 돌아섰다.

"나는 지금 여기 있는 시체를 처리하는 거야. 그 이후에 내

천외천의
주인

가 뭘 더 해 줘하는지는 모르겠지만, 일단 여기 정리 끝나면 중앙대로에 있는 연래객잔으로 와. 그때 다시 얘기해 보자고."

사공척이 그제야 한시름 놓은 표정으로 수긍했다.

"알겠소."

설무백은 그저 가볍게 웃고는 돌아서서 백마사의 불이문을 벗어나며 말했다.

"축양호동으로 가자."

축양호동은 단순히 그냥 빈민가가 아니라 낙양 제일의 빈민가였다.

설무백은 축양호동으로 들어서자마자 그 악명을 여실히 실감할 수 있었다.

달이 밝은 밤임에도 달빛이 전혀 들지 않아서 음산하고, 언제 내렸는지 모를 빗물이 군데군데 웅덩이로 고여서 썩어 가며 악취를 풍기는 골목길가로 당장에 쓰러져도 이상하지 않을 모옥들이 서로가 서로의 버팀목이 되어서 줄지어 기대 선 곳이 바로 축양호동이었다.

알려 준 사내의 말마따나 희여산이 잡혀 있다는 창고도 어렵지 않게 찾아냈다.

축양호동에 있는 창고는 그거 하나뿐이라더니, 과연 인근에 도착해서 물어보니 모두가 그 장소를 알고 있었다.

"누구……?"

죽양호동의 끝자락에 자리한 모옥의 내부였다.

설무백 등이 워낙 당당하게 문을 열고 들어가서인지 안에 있던 두 사내는 그저 앉아서 멀뚱멀뚱 바라만보고 있었다.

위지건이 앞으로 나서며 두 손을 뻗어서 뒤늦게 일어나는 그들의 목을 움켜잡고 높이 들었다.

"……!"

두 사내는 위지건의 엄청난 완력 앞에 신음조차 제대로 흘리지 못하고 바둥거리다가 축 늘어졌다.

설무백은 그런 두 사내의 생사를 확인하려는 듯 좌우로 흔들어 보는 위지건의 곁을 지나서 방의 구석에 달린 문 앞에 섰다.

문 안에서는 무엇이 그리 즐거운지 마냥 희희낙락인 두 사내의 목소리가 들려오고 있었다.

"……그냥 해 버릴까?"

"아서라. 대주님이 알면 어쩌려고?"

"아쉽네. 이처럼 화려한 탕기(蕩氣)를 풍기는 우물(尤物)은 생전 처음인데 말이야. 봐라, 저 입술, 저 가슴. 죽이지 않냐?"

"헛소리 말고 어서 깨우기나 해. 오늘 중으로 저년의 승낙을 받아 내지 못하면 우리가 죽는 거 몰라서 그래?"

설무백은 지금 문 안의 밀실에서 어떤 일이 벌어지고 있는지, 또한 희여산의 상태가 어떤지 대번에 직감할 수 있었다.

"다들 여기서 잠시 기다려."

설무백은 혼자서 문을 열고 안으로 들어갔다.

험상궂은 두 사내가 좌측과 우측에 서 있다가 안으로 들어서는 그를 돌아보았다.

그들, 두 사내 사이, 중앙에 쇠사슬에 묶인 채 철제 의자에 앉아 있는 희여산의 모습이 보였다.

어느 정도의 고초를 겪었던 것일까?

희여산은 예전의 모습을 찾기 어려울 정도로 심하게 망가진 모습이었다.

산발한 머리에, 시퍼렇게 부은 눈덩이와 찢겨서 검게 피딱지가 앉은 입술은 그래도 보지 못할 정도는 아니었다.

모든 손톱과 발톱이 뽑혀져 나가서 붉은 형태로 두루뭉술하게 부어 있는 손과 발, 너덜너덜하게 찢겨진 의복으로 인해 드러난 팔뚝이며 허벅지, 하다못해 풀어 헤친 앞섶 사이로 드러난 그녀의 목과 그 아래 가슴복판은 무언가 불에 달군 인두 같은 것으로 지져 놓은 듯 검붉은 덩어리로 뭉쳐 있어서 그야말로 목불인견(目不忍見)의 참상이었다.

설무백이 그런 그녀의 모습을 확인하며 절로 눈살을 찌푸리는 참인데…….

"뭐야 너?"

두 사내가 무언가 잘못된 것 같다는 판단을 했는지 희여산

을 고문하기 위해서 들고 있던 것으로 보이는 수중에 갈고리
와 송곳을 쳐들고 나섰다.

설무백은 대답 대신 손을 뻗어서 두 사내를 가리켰다.

피슝-!

미세한 바람소리와 함께 그의 손에서 두 줄기 백광이 뻗어
나가서 두 사내의 이마를 관통하며 붉은 핏방울을 뽑아냈다.

무극신화강에 기인한 절대의 지공(指功)인 무극신화지(無極神
化指)였다.

두 사내가 눈을 부릅뜬 채로 굳어지며 벼락 맞은 고목나무
처럼 쓰러졌다.

바로 그 순간에 혼절한 것으로 보이던 희여산이 눈을 뜨며
그를 보았다.

"와, 놀라라."

전혀 놀란 것 같지 않은 목소리로 놀랍다고 말하는 그녀의
입술에 피곤에 찌든 미소가 서렸다.

눈물만 흘리지 않았을 뿐, 사실은 우는 것과 다름없이 그녀
의 눈망울이 힘겹게 흔들리고 있었다.

설무백은 그저 묵묵히 다가가서 그녀를 구속하고 있던 쇠
사슬을 끊어 주었다.

희여산이 옆으로 스르르 쓰러졌다.

오랜 고초로 인해 그녀의 상태는 혼자서 앉아 있을 수 없는
정도였다.

설무백은 그런 그녀를 바로 앉혀 주고, 자신의 상의를 벗어
서 덮어 주며 일으켜 세웠다.

　"갑시다. 오랜만에 식사나 같이합시다."

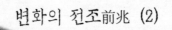

변화의 전조前兆 (2)

희여산을 데리고 연래객잔으로 돌아온 설무백은 점장인 학정을 불러서 하루 동안 연래객잔을 통째로 얻었다.

　노자는 충분해서 금전적인 문제는 전혀 없었다.

　문제는 기존의 손님들을 내보내는 것이었는데, 그것도 순조롭게 해결되었다.

　거의 대부분의 손님은 점장인 학정이 나서서 정리했고, 환불을 받고도 돈이 문제가 아니라며 자존심을 내세우던 몇몇 사내들은 어색하게 웃는 낯으로 깊이 고개를 숙이며 부탁하는 공야무륵과 위지건을 보자 조용히 사라졌다.

　설무백은 그렇게 조용해진 연래객잔으로 의원을 불러서 희여산을 치료했다.

모든 것이 희여산을 위한 배려였다.

의원에게 치료를 받고 약을 먹은 희여산은 그대로 죽은 듯이 잠들었다.

백마사의 뒤처리를 맡긴 독화랑 사공척이 연래객잔을 찾아온 것은 그로부터 대여섯 시진이 지나서 해가 서산을 넘어가고, 어둑어둑 땅거미가 내려서 저녁 무렵이었다.

꽤나 고생스러웠는지 눈에 띄게 핼쑥해진 모습으로 홀로 연래객잔을 찾아왔다.

"희 총사는 구했소?"

"지금 쉬고 있어. 제법 고초가 심해서 하루 정도는 안정을 취해야 거동할 수 있을 것 같아."

"지금 좀 뵐 수 있겠소?"

"나중에. 그보다……?"

설무백은 말문을 돌리며 이채로운 눈길로 사공척의 모습을 훑어보았다.

"믿을 만한 수하를 데려오라고 했고, 데려왔다고 들었는데, 왜 그리 세상 일 혼자 다한 모습인 거지?"

그랬다.

설무백은 애초에 사공척을 부를 때 믿을 수 있는 수하를 대동해서 오라고 전달했던 것이다.

사공척이 자못 퉁명스럽게 대꾸했다.

"고작 여섯 명의 인원으로 백 구가 넘는 주검을 수습하면

내 꼴이 되지 않을 수 없을 거요."

"여섯 명……? 고작 다섯 명만 데리고 왔다는 건가?"

"그런 눈으로 보지 마시오. 나는 누구와 달라서 믿을 만한 수하가 그리 많지 않소. 희 총사의 실종으로 북련의 내부가 뒤집어진 마당이오. 남몰래 그 정도 인원을 빼돌릴 수 있었던 것도 감지덕지요."

설무백은 웃었다.

심통난 아이처럼 투덜거리는 사공척의 모습이 너무나도 현실적으로 보여서 나쁘지 않았다.

사공척이 그런 그를 삐딱하게 보았다.

"뭐가 그리 우습소?"

설무백은 생각한 그대로 솔직하게 대답했다.

"보기보다 현실적인 사람으로 보여서 웃은 거야."

사공척이 자못 인상을 쓰며 따졌다.

"그게 웃을 일이오?"

공야무륵이 불쑥 끼어들었다.

"죽일까요?"

사공척이 움찔하는 눈초리로 무덤덤해서 더욱 무섭게 느껴지는 공야무륵의 모습을 일별하며 길게 한숨을 내쉬었다.

"설 대협의 곁에 무지막지한 저치가 있다는 것을 깜빡했구려. 미안하오. 화를 내려던 것은 아니었소."

설무백은 슬쩍 일별하는 것으로 공야무륵을 물러나게 하고는 사공척의 말을 받았다.

"현실적은 적은 좋은 거지. 적어도 현실을 따지지 못하는 사람보다는 그래. 그래서 웃었어. 우리 대화가 한결 쉬워질 것 같아서 말이야."

사공척이 물었다.

"내게 하려는 말이 무엇이오?"

설무백은 고개를 저었다.

"귀하의 말부터 들어 보도록 하지."

설무백이 저주하지 않고 말했다.

"내가 하고 싶은 말은 간단하오. 추 대주와 채 사부, 그리고 그들이 대동한 제선대의 삼 할에 달하는 정예들의 죽음은 나 혼자 무마할 수 있는 일이 절대 아니라는 거요."

설무백은 수긍의 표시로 고개를 끄덕이며 물었다.

"희 총사가 함께라면?"

사공척이 눈을 빛내며 대답했다.

"물론 희 총사가 나선다면 가능하오. 나도 그래서 우선 그녀부터 만나려던 거였소."

설무백은 만족한 표정으로 고개를 끄덕였다.

"결국 아무 문제없겠네. 어차피 그녀가 해결해야 할 문제니, 거절할 이유가 없을 테지. 그녀가 깨어나면……!"

문득 말꼬리를 흐린 설무백은 삐딱하게 내실의 문을 바라보았다.

인기척이었다.

때를 같이해서 희여산의 곁에 붙여 두었던 요미의 목소리
가 들려왔다.

"저기, 오빠, 아니, 주군. 여기 이 여자가 깨어나자마자 주
군을 보겠다고 해서 데려왔는데, 어쩌지? 아니, 어쩌지요?"

설무백은 절로 픽 웃었다.

원래 요미는 이렇듯 얌전하게 보고나 하고 있을 성격이 절
대 아니었다.

지금 그녀는 백마사에서 명령도 없이 나서서 채앙을 죽이
자신의 행동이 옳지 않았다는 것을 알기에 나름 최대한 조신
하게 굴고 있었다.

다만 그런 그녀와 달리 치료를 받고 어느 정도 휴식을 취한
희여산은 예전의 성격이 되살아난 모양이었다.

그녀는 그의 허락이 떨어지기도 전에 벌컥 문을 열고 안으
로 들어섰다.

"우리 잠시 얘기 좀…… 어라?"

안으로 들어선 희여산은 설무백과 함께 있는 사공척을 발
견하고는 고개를 갸웃했다.

"이건 또 무슨 광경이지?"

다른 누구보다도 먼저 요미가 발끈하며 그녀의 앞을 막아
섰다.

"아니, 이 여자가 정말……!"

"뭐? 이 여자?"

희여산이 실소하며 한 대 칠 것처럼 손을 쳐들었다.

"이 쪼그만 계집애가 건방지게 어딜……!"

"누가 할 소리? 비실비실해서 그냥 봐주고 있었더니, 아주 꼴값을 떠네, 이 아줌마!"

발끈해서 앞으로 나서는 요미의 눈동자가 대번에 회백색으로 변해 갔다.

전진사가의 절대사공인 사천미령제신술의 발현이었다.

희여산이 그 모습을 보며 경각심이 생긴 듯 두 눈을 새파랗게 빛냈다.

내공을 끌어 올린 기색이었다.

붓기는 어느 정도 가라앉았어도 눈가의 멍이나 찢어진 입술의 상처는 여전했지만, 어느새 그녀는 상당한 내공을 회복한 듯했다.

설무백은 그 순간에 슬쩍 발을 굴렀다.

쿵-!

살짝 들었다 내린 그의 발 구름에 엄청난 소음이 터졌다.

건물 전체가 무너질 듯 진동하며 천장에서 부스스 흙먼지가 흘러내렸다.

요미와 희여산이 누가 먼저랄 것도 없이 동시에 흠칫하며 설무백을 바라보았다.

설무백은 특유의 미온한 미소를 지으며 말했다.

"둘 다 그만두지?"

요미가 본래의 모습으로 돌아와서 두말없이 고개를 숙이며 물러났다.

다시는 실수하지 않겠다는, 적어도 그런 마음을 드러내려는 의지가 엿보였다.

반면에 희여산은 제아무리 자신이 도움을 받은 처지라도 그냥 물러나자니 분한 모양이었다.

물러나는 요미를 일별하며 설무백을 향해 냉소를 날렸다.

"수하를 몹시도 아끼는 모양이군요."

자신이 아무리 성치 않은 몸이라도 어린 계집애에 불과한 요미 정도는 상대가 안 된다는 시위였다.

물러난 요미의 눈빛이 싸늘하게 변했다.

설무백은 그와 상관없이 고개를 저으며 희여산의 말을 부정했다.

"아닌데. 그쪽이 다칠까 봐 말리는 거야. 몸이 완전하게 회복되었다면 몰라도, 고작 지금의 상태 가지고는 요미의 상대가 전혀 안 될 테니까."

요미의 얼굴이 느긋하게 풀어지고, 대신에 희여산의 얼굴이 험악하게 일그러졌다.

희여산은 천성의 이지로 분노를 억누른 듯 애써 빙글빙글 웃는 낯으로 대꾸했다.

"당신. 고작 저 따위 어린 계집애와 나를 동일선상에 놓고 비교하다니, 눈이 어떻게 된 것 아닌가요? 일단 지금은 목숨을 구해 준 대가로 참고 그냥 넘어가 주겠지만, 앞으로는 절대 그러지 말아요. 한 번만 더 내 앞에서 함부로 그 따위 말을 지껄이면 절대 용서하지 않겠어요."

설무백은 가만히 고개를 끄덕였다.

하지만 그건 그녀의 말을 수긍한 것이 전혀 아니었다.

"당신이 왜 추 가 따위에게 당했는지 정말 궁금했는데, 이제야 알겠네."

희여산이 절로 고개를 갸웃했다.

설무백은 태연하게 웃는 낯으로 그녀의 모습을 바라보며 계속 말했다.

"전에 내가 아는 당신은 되바라질 정도로 오만하긴 해도 사리판단만큼은 더 없이 명확한 여자였는데, 오늘의 당신은 전혀 그렇지 않군. 대체 뭐가 당신을 이렇게 바꾸어 놓은 거지?"

희여산의 안색이 변했다.

이제야 설무백이 무슨 말을 하고 있는지 알아듣고 분노한 기색이었다.

"지금 내게 뭐가 문제라는 거죠? 설마 내가 지금 저 꼬마계집애를 잘못 보는 거라고 말하는 건가요?"

설무백은 어깨를 으쓱이며 당연하다는 듯 대답했다.

"물론이오. 지금의 당신은 저 아이의 상대가 될 수 없소."

희여산이 정말이지 어이없고 황당해서 말이 안 나온다는 듯 웃으며 설무백을 바라보았다.

그리고 이내 서릿발처럼 싸늘해진 눈빛으로 변해서 물었다.

"대단한 신임이네요. 그 신임의 근거를 내가 보고 싶다는 것이 억지는 아니겠죠? 내가 일초에 당신의 생각이 틀렸음을 확인시켜 주도록 하죠."

설무백은 대답에 앞서 슬쩍 요미를 보았다.

희여산을 주시하고 있는 요미의 모습은 의외로 매우 차분해 보였다.

하지만 그건 분노가 사라진 것이 아니라 내면 깊숙이 가라앉아서 더욱 식어 버린 감정으로 인해 드러난 태도라는 것을 그는 쉽게 알아볼 수 있었다.

"당신의 입에서 그 일초라는 말이 나오지 않았으면 그렇게 해 주었을 텐데, 미안하지만 이젠 안 되겠소. 당신에게 그 말을 들은 이상, 이제 저 아이가 당신을 일초에 누르려고 전력을 다할 테니 말이오. 그럼 정말 당신이 죽을 수도 있거든."

희여산이 극도로 분노한 듯 핏대를 세웠다.

"같잖은 말장난 그만둬요! 실로 그렇다고 해도 나는 상관없으니까 그냥 저 계집을 내놔요!"

"당신은 상관없을지 몰라도 나는 상관있어서 그건 안 되겠소. 당신이 죽어 버리면 작금의 문제를 해결하는 데 아주 골치 아프게 될 테니까. 그러니 아쉬운 대로 이렇게 합시다."

설무백은 사정하듯 말하고는 대뜸 손을 쳐들어서 희여산의 목을 움켜잡았다.

"헉!"

희여산이 크게 당황하며 본능처럼 빠져나가려고 그의 손목을 두 손으로 잡고 비틀었다.

그러나 그녀의 목을 움켜잡은 설무백의 손은 요지부동, 꼼짝도 하지 않았다.

사공척이 졸지에 벌어진 상황에 너무 당황한 듯 뒤늦게 소리치며 검을 뽑아 들었다.

"감히……! 그만 두시오!"

공야무륵이 어느새 뽑아 든 도끼, 양인부를 내밀어서 사공척의 앞을 막았다.

"죽고 싶나?"

이에 사공척이 감히 더는 나서지 못했다.

공야무륵의 살기는 자타가 인정하는 절대의 수준이었기 때문이다.

설무백은 그런 장내의 상황에 아랑곳하지 않고 앞으로 나아가서 희여산을 밀어붙였다.

턱-!

그리고 희여산이 무력하게 뒤로 밀려 나가서 벽에 등을 붙이고서야 멈추었다.

설무백은 그런 그녀를 무심하게 바라보며 말했다.

"무슨 짓을 해서라도 여기서 빠져나간다면 당신의 말을 인정하겠소."

"익!"

희여산은 그의 말이 아니더라도 이미 전신의 공력을 끌어올린 채 사력을 다해서 몸부림쳤다.

그러나 그녀의 목을 구속한 설무백의 손은 그야말로 거령신의 손처럼 옴짝달싹도 하지 않았다.

사실 그럴 수밖에 없었다.

아무런 변화도, 그런 징후도 보이지 않는 설무백의 손은 바로 무극신화강으로 완성된 무극신화수였기 때문이다.

이윽고, 미친 듯이 발버둥질하던 희여산의 몸부림이 멈추었다.

얼마나 용을 썼던지 땀으로 흠뻑 젖은 그녀는 애써 정리한 머리가 어지러운 산발로 변했고, 겨우 아물기 시작한 얼굴의 상처가 다시 터져서 피땀으로 범벅되어 있었다.

설무백은 힘없이 두 손을 늘어뜨린 그녀를 향해 미온한 미소를 지으며 물었다.

"이제 당신이 얼마나 약해져 있는지 알겠소?"

희여산이 경악과 불신에 찬 눈빛을 애써 감추며 대답했다.

"이제 당신이 얼마나 강해졌는지 알겠네요."

설무백은 그제야 그녀의 목을 놓아주고 본래의 자리로 돌아와서 말했다.

"내가 당신에게 바라는 것은 딱 하나요. 나는 당신들의 알력에 끼어들고 싶지 않소. 그러니 나를 배제한 채로 이번 일을 정리해 주시오."

희여산이 그를 따라서 본래의 자리로 와서 서며 코웃음을 치며 대답했다.

"어림 반 푼어치도 없는 소리 말아요. 하늘이 두 쪽 나도 당신을 배제한 채로 이번 일을 정리할 수는 없어요. 누가 뭐래도 이번 일은 당신 때문에 벌어진 일이니까요. 그러니 아쉬운 대로 이렇게 하죠."

설무백은 희여산이 잠시 말을 끊은 사이, 어째 앞서 자신이 그녀에게 했던 말이 그대로 반복되는 것 같은 기분에 사로잡혔으나, 달리 제재할 방법도, 도리도 떠오르지 않았다.

그사이 그가 우려하던 말이 그녀의 입에서 흘러나왔다.

"저와 같이 북련으로 가요. 그럼 당신에게 아무런 피해 없이 해결할 수 있을 거예요."

설무백은 절로 오만상을 찡그렸다.

희여산이 그런 그를 향해 어깨를 으쓱이며 천연덕스럽게 한마디 더했다.

"나무는 가만히 있으려 하나 바람이 가만두지 않는 법이죠."

설무백은 못내 희여산의 제안을 수락했다.

고집이 안 되면 억지를 부려서라도 가지 않으려면 얼마든지 가지 않을 수 있었다.

그러나 그는 그러고 싶지 않았다.

그럴 필요가 없다고 생각했다.

추여광이 사부를 동원하고 희여산을 납치하면서까지 이런 함정을 계획했을 정도라면 그 속에 내제된 음모는 차치하고, 북련의 거의 모든 요인들이 이미 그와 풍잔의 존재를 알고 있다고 봐야 하기 때문이다.

즉, 사건의 당사자인 그가 굳이 몸을 빼는 것은 왠지 숨는 것으로 보일 여지가 다분한 것이다.

설무백은 다른 무엇보다도 그게 싫었다.

지금은 풍잔의 존재를 더 이상 숨기지 않기로 결정한 마당이 아닌가.

그와 같은 세간의 의혹은 풍잔의 행보에 아무런 도움이 되지 않는다.

의심은 불신으로 이어지고, 불신은 적개심의 원동력이 되기 때문이다.

설무백의 그런 생각을 아는지 모르는지, 공야무륵은 못내 거북한 기색이면서도 늘 그렇듯 그의 결정에 이의를 달지 않았다.

위지건은 아무 생각이 없어 보이는 얼굴로 그저 수긍했고, 요미는 마냥 신나했다.

문제는 혈영과 흑영, 백영이었다.

특히 그중에서도 혈영의 반대가 매우 심했다.

설무백의 승낙을 받아 낸 희여산의 한마디 부연이 그를 그렇듯 만들었다.

"북련의 영내에서 암중 호위는 허락이 안 되니, 예의를 지켜 주시기 바라요."

이건 전적으로 혈영과 흑영, 백영을 두고 하는 지적이었다.

원래는 요미도 포함되는 말이었으나, 그녀는 전혀 신경 쓰지 않고 있었다.

"저는 인정할 수 없습니다, 주군."

혈영은 협조를 구한 희여산이 아니라 설무백에게 말했다.

희여산은 전혀 중요한 사람이 아니라는 태도였다.

구구절절한 부연을 덧붙이지 않는 것은 타고난 그의 성격이고 말이다.

설무백은 희여산이 내건 조건을 부당하게 생각하지는 않았으나, 혈영의 반론을 무시할 수 없었다.

희여산의 제약으로 인해 자신이 무슨 변을 당할까 우려가 들어서는 아니었다.

사람의 팔은 안으로 굽는 법인데, 그에 앞서 그녀의 일방적인 강요도 마음에 들지 않았다.

그는 생각을 정리하고 나서 희여산을 향해 말했다.

"우리가 정한 규칙을 그대로 유지하는 것이 북련의 예의에 어긋난다고는 생각하지 않소. 그렇게 생각한다면 나는 북련에 가지 않는 것으로 하겠소."

천외천의
주인

희여산이 어이없다는 표정으로 설무백을 바라보았다.

"우습네요. 이런 사소한 문제로 큰일을 그르치겠다는 건가요?"

설무백은 태연하게 고개를 저었다.

"나는 하나도 우습지 않소. 나는 사소한 문제이기 때문에 더욱 싫소. 사소한 것도 용인하지 못하는 자들을 만나서 무엇하겠소."

희여산이 한 대 맞은 것처럼 표정이 변해서 선뜻 대꾸를 못하다가 이내 한숨을 내쉬며 물러났다.

"알겠어요. 그럼 그 부분은 제가 따로 보고하는 것으로 할 테니, 원하는 대로 해요."

"고맙소."

설무백은 짧게 감사를 표시하고는 혈영에게 시선을 주며 재우쳐 말했다.

"들었지?"

혈영이 마치 그의 마음을 읽은 것처럼 두 눈을 빛내며 깊이 고개를 숙였다.

"하명하십시오."

설무백은 당연히 하기로 되어 있는 말을 하는 것처럼 심드렁하게 말했다.

"생각해 보니 암중 호위가 예의를 따질 문제는 아니지만, 조금 불편할 수는 있겠어. 거처를 정하고, 식사를 마련하는

데, 인원을 모르면 곤란하지. 그렇다고 그때마다 모습을 드러
내 주는 것도 우습고. 그러니 그냥 이대로 가도록 하자."

혈영이 아무렇지도 않게 재차 고개를 숙이며 대답했다.

"알겠습니다. 그리하겠습니다."

순간, 그들의 대화를 들은 희여산의 표정이 새삼 한 방 맞
은 것처럼 변했다.

당연한 반응이었다.

지금 혈영과 흑영, 백영은 모습을 드러내고 있었다.

그러니 그냥 이대로 가자는 설무백의 말은 거절하겠다던
그녀의 요청을 수락해 주자는 뜻인데, 그에 대해서 반기를 들
고 나선 혈영 또한 그걸 또 아무렇지도 않게 수용한 것이다.

희여산은 혹시나 자신이 잘못들은 건 아닌가 싶은 표정으
로 잠시 설무백과 혈영을 번갈아보았다.

설무백이 그런 그녀에게 시선을 주며 태연하게 발길을 재
촉했다.

"대충 타협이 끝난 것 같으니, 어서 서두릅시다. 이래 봬도
매우 바쁜 몸이오."

희여산이 깜빡 정신이 나갔다가 들어온 사람처럼 고개를
흔들고 나서 의미심장하게 웃으며 설무백 등을 둘러보았다.

"자발적으로 하는 일이 아니거나, 주인이 시키는 일이 아니
면 절대 움직이지 않는다는 건가요? 대충 어떤 성격을 가진
사람들인지 이제야 알겠네요."

설무백은 무심하게 고개를 저었다.

"너무 그리 장담하지 마시오. 오늘은 이렇지만 내일도 이러리라는 보장이 없으니까."

"넉넉하게 참고하도록 하지요."

희여산이 예사롭지 않은 표정으로 어렵하겠냐는 듯 대답하고 돌아서서 발길을 옮기며 말을 덧붙였다.

"대신 너무 서두르진 말아요. 보다시피 몰골이 몰골인지라 최대한 느긋하게, 최소한 반나절이라도 더 걸려서 도착하고 싶으니까요. 얼굴의 붓기라도 빠지려면 그래야 해요."

이러니저러니 해도 자신 역시 어쩔 수 없이 여자라는 소리로 들렸다.

설무백은 미처 거기까지는 생각하지 못했기 때문에 더는 채근하지 않고 묵묵히 그녀의 뒤를 따랐다.

그래서 그들, 일행은 조금만 서둘러도 이틀이면 도착할 수 있는 낙양에서 북련의 총단이 있는 대별산까지의 거리를 사흘하고도 반나절이 더 지나서야 도착했다.

그러나 그와 같은 설무백의 배려에도 불구하고 희여산의 상처는, 특히 얼굴의 상처는 크게 달라지지 않았다.

오히려 더욱 심각해 보였다.

그녀의 생각대로 눈두덩이의 붓기는 빠졌으나, 시퍼런 멍이 더욱 진해지며 검게 변해서 그랬다.

그 바람에 대별산의 초입에서 경계를 서는 북련의 보초들이 그녀를 알아보지 못했다.

하다못해 북련의 대문을 지키는 무사들도 그랬다.

다들 북련의 총사인 그녀는 알아보지 못하고 일개 단주인 사공척만 알아보며 인사를 건넸다.

물론 거기에는 희여산이 의식적으로 얼굴을 감추며 나서지 않은 것도 적잖게 한몫을 했다.

그래서였다.

우습지 않게도 희여산은 아무도 모르게 사라진 것처럼 아무도 모르게 북련의 총단으로 돌아왔다.

그리고 그로 인해 북련의 총단이 발칵 뒤집어졌다.

희여산이 그 즉시 북련주의 거처로 찾아가서 북련주인 팽마도 팽의정을 만났기 때문이다.

⚜ *

북련의 총단은 대별산의 높은 산마루를 등지고 드넓은 산자락을 앞마당처럼 사용하는 거대한 장원이었다.

대소 삼십여 채의 전각으로 구성된 이 장원은 본디 강북의 무림세가들이 결속을 다지는 회합을 가질 때 사용하려고 만들었고, 실제로 매년 그런 용도로 사용하던 장소였다.

남북대전이 발발하자 강북 세가들은 그런 장원을 기꺼이 북련의 총단으로 내주었던 것이다.

그리고 련주 혹은 맹주로 불리는 팽마도 팽의정의 거처는 그런 총단의 중심에 세워진 대전인 정련각(正聯閣)이었는데, 그 주변에는 과하다 싶을 정도로 삼엄한 경계가 펼쳐져 있었다.

이는 누구도 뭐랄 수 없는 북련의 노력이었다.

북련은 암살당한 전대 련주, 북천권사 언소보의 전례를 밟지 않으려고 련주의 거처를 총단의 중앙에 마련한 것도 부족해서 철통같은 경계로 철옹성을 만들어 놓은 것이다.

희여산은 바로 그 철옹성과 같은 정련각으로 설무백 등을 데리고 들어가서 북련주인 팽마도 팽의정을 만났다.

북련의 총단이 발칵 뒤집어진 이유가 거기에 있었다.

어디로 사라졌는지 모르게 사라졌던 그녀가 갑자기 나타난 것도 놀랄 만한 사건이었다.

그러나 그녀가 적인지 아군인지 모를 설무백 등을 대동한 채 련주인 팽의정을 마주했다는 사실과 비교하면 그것은 실로 아무것도 아니었다.

땡땡땡땡……!

북련의 총단에서 그동안 한 번도 울리지 않았던 경종이 울렸고, 그에 따라 영내에 있는 거의 모든 고수들과 무사들이 정련각으로 집결하기 시작했다.

북련의 총단은 그녀, 희여산을 포함한 설무백 등을 적으로 보는 것 같았다.

적이 련주의 거처로 들었으니, 자객인 것이다.

희여산은 정련각의 문 앞을 막으며 안에 기별을 넣을 테니 잠시 기다리라는 친위대장을 밀치고 들어가서 북련주인 팽의정을 마주하기 무섭게 벌어진 그와 같은 상황에 못내 당황했으나, 애써 평정을 유지했다.

북련주인 팽의정의 곁을 지키고 있다가 그녀의 정체를 확인하기 무섭게 일제히 칼을 뽑아 드는 친위대들의 반응과 허겁지겁 뒤따라 들어와서 검을 겨누는 무사들의 태도가 모든 정황을 소상히 말해 주고 있었다.

그녀는 우선 팽의정을 향해 웃었다. 그리고 물었다.

"이제 보니 추 가 놈의 말이 사실이었나 보군요. 제가 자리를 비운 시점에 군사인 이궐과 포교원주인 육양명이 암살당했고, 그 배후로 제가 의심을 받고 있는 모양이에요. 그런가요?"

설무백은 그녀의 이 말을 듣고서야 깨달았다.

여태 희여산이 얼굴을 가리고 신분을 드러내지 않은 것은 검붉게 멍이 든 상처 때문이 아니었다.

그녀는 지금 말한 사정을 확인해 보기 위해서 일부러 자신의 신분을 노출하지 않았던 것이다.

'과연 영악한 여자!'

설무백은 전생에 의지해서 자신이 내린 그녀에 대한 평가가 틀리지 않았음을 새삼 실감하며 그녀를 마주한 북련주의 태도를 눈여겨보았다.

북련주 팽마도 팽의정은 호리호리하나 팔 척에 달하는 장신에 금실이 더해진 자주색 장포를 포대처럼 헐렁하게 걸친 노인이었다.

숱이 많은 반백의 머리와 대나무처럼 꼿꼿한 허리는 올해로 팔순(八旬 : 80살)이라는 나이가 믿기지 않는 것은 둘째 치고, 세로로 주름이 서 있는 미간과 작은 눈, 위로 치켜 올라간 양쪽의 눈꼬리가 너무 사납게 보여서 이채로웠다.

별호에 마도(魔刀)라는 흉명이 붙은 것과 달리 무골호인처럼 수더분한 성격으로 말미암아 인망이 매우 두텁다는 소문이 거짓말처럼 느껴지는 외모인 것이다.

다만 팽의정에 대한 세간의 평가가 사실인지 아닌지는 모르겠으나, 적어도 사리분별은 정확한 사람으로 보였다.

팽의정은 희여산의 질문에 대답하지 않았다.

대신에 칼을 뽑아 든 자신의 친위대와 허겁지겁 뒤따라 들어와서 검을 뽑아 든 무사들을 향해 준엄한 호통을 내질렀다.

"어허, 이게 대체 무슨 짓이냐! 감히 누구에게 칼을 들이대는 것이야! 며칠이나 지났다고 설마 그새 총사의 얼굴도 잊었다는 게냐! 어서 당장 칼을 거두지 못할까!"

친위대원들과 무사들이 안절부절못하면서도 감히 팽의정의 명령을 거역하지 못하고 병기를 거두며 물러났다.

팽의정이 그런 그들을 향해 끌끌 혀를 차고는 이내 웃는 낯으로 희여산을 바라보며 말했다.

"자라 보고 놀란 가슴 솥뚜껑 보고도 놀란다고 하질 않는

가. 자네 말대로 하필이면 자네가 자취를 감춘 시점에 군사 이궐과 포교원주 육양명이 암살당해서 다들 신경이 이만저만 날카로워진 것이 아닐세. 자네가 너그럽게 이해해 주게. 그건 그렇고…….”

문득 말꼬리를 흐린 팽의정은 자못 인자한 눈초리로 희여산과 설무백 등을 둘러보며 말을 덧붙였다.

“몰골을 보니 자네 역시 무언가 심한 고초를 겪은 모양인데, 어쩌겠나? 일단 자리에 앉아서 얘기하겠나, 아니면 먼저 통성명부터 하겠나?”

희여산이 슬쩍 설무백의 눈치를 보았다.

설무백은 주저하지 않고 기꺼이 나섰다.

“통성명부터 하지요. 인사드리겠습니다. 저는 어찌어찌 우연찮은 기회로 희 총사를 돕는 바람에 이 자리까지 오게 된 무림말학 설무백이라고 합니다.”

장내가 물이라도 뿌린 것처럼 조용해졌다.

팽의정을 비롯한 장내의 모두가 한순간 딱딱하게 굳어져서 설무백을 바라보고 있었다.

설무백은 내색을 삼가며 속으로 웃었다.

그의 짐작이 옳았다.

북련의 요인들은 아니, 더 나아가서 무사들마저도 이미 그를 알고 있었다.

“흑포사신……!”

천외천의
주인

설무백의 인사를 받은 팽의정이 선뜻 답례하지 않고 침묵을 유지한 지 서너 호흡이 지났을 때였다.

세간에 알려진 설무백의 별호가 누군가의 입에서 흘러나와서 장내를 가로질렀다.

갑작스럽게 고요해진 장내의 분위기가 무엇 때문인지 알려주는 것 같은 상황이었다.

동시에 잠시 멈추어진 것 같던 장내의 시간이 다시 흐르기 시작했다.

우선 웅성거림이 있었다.

비상사태를 알리는 타종으로 인해 몰려든 북련의 요인들이, 즉 북련에 소속된 각파의 명숙들이 어느새 대거 나타나서 대청의 문가를 장악하고 있다가 뒤늦게 수군거림으로 인기척을 낸 것이다.

팽의정이 눈총을 주는 것인지 아니면 그냥 그로 인해 정신을 수습한 것인지는 몰라도 문가에 늘어선 각파의 명숙들을 슬쩍 일별하며 설무백을 향해 미소를 보였다.

"역시 세간의 소문은 다 믿을 것이 못되는구려. 흉신악살처럼 무시무시하게 생겼다는 흑포사신이 이렇듯 잘생긴 청년고수였을 줄이야 내 미처 상상도 하지 못했소."

설무백은 그저 웃었다.

그때 다른 사람이 끼어들었다.

"아니외다. 그건 련주의 기억이 잘못된 거요. 과거 전설적인

기인인 옥면수라의 환생이라는 소문도 있으니 말이오."

문가를 점령하고 있던 각파의 명숙들 사이를 비집고 들어온 그 사람은 넝마처럼 너덜너덜한 마의를 걸친 추레한 몰골인 홍안의 노인이었다.

그뿐 아니라, 그 홍안의 노인 곁에는 호리호리한 체구의 중년인 하나가 따르고 있었는데, 심연처럼 깊은 눈빛을 가진 그 역시 마찬가지로 추레한 몰골이었다.

북개방의 걸개들인 것이다.

설무백은 대번에 그들을 알아보았다.

홍안의 걸개는 북개방의 용두방주인 홍염개였고, 호리호리한 중년의 걸개는 개방 총단의 단주인 취죽개였다.

그리고 또 알아볼 수 있는 사람들이 있었다.

십여 명의 남녀노소가 홍염개와 취죽개의 뒤를 이어서 줄줄이 안으로 들어서고 있었는데, 그들 모두 그가 알아볼 수 있는 인물들이었다.

종남파의 장문인 맹검수사 부약도와 공동파의 장문인 광진자(光眞子), 진주언가의 가주인 패권 언호량, 아미파의 장문인 금정신니의 대리인 자격인 아미파의 장로 혜월신니 등, 북련의 중추인 구대문파 이하 각대문파의 수뇌들과 그들의 대리인들이 나타난 것이다.

설무백은 비록 잠시 바라보는 순간적인 스침에 불과했으나, 그중에서 북개방의 방주인 홍염개와 함께 나타난 취죽개

천외천의
주인

의 모습이 매우 인상 깊었다.

취죽개는 남개방의 방주인 홍염개보다도, 하다못해 같이 나타난 다른 누구보다도 깊고 그윽한 눈빛과 지극히 잘 정제된 기도를 소유하고 있었다.

조금 과장되었을지는 몰라도, 다른 사람들이 닭이라면 그는 학이었고, 다른 사람들이 사자라면 그는 한 마리의 용이라는 느낌이었다.

설무백은 그것으로 명백하게 알 수 있었다.

취죽개는 어느새 일생일대의 행운을 맞이해서 개방의 선대 중 최고수로 평가받는 개왕 이타성의 유전을 얻은 것이 분명했다.

'향후 북련은 저 사람을 중심으로 돌아가겠군. 나쁘지 않다.'

나쁘지 않은 이유는 그것이 그가 전생을 통해서 알고 있는 북련의 변화이기 때문이었다.

설무백이 한순간 그런 생각을 하며 한눈을 파는 사이, 팽의정이 호탕하게 웃으며 홍염개의 말을 받았다.

"하하……! 과연 그렇소. 내가 정말 나이가 들긴 들었나 보오. 요즘 아주 자주 깜빡깜빡한다오. 하하……!"

팽의정의 웃음이 그치기도 전에 다른 누군가가 자못 툴툴거리는 어조로 말을 받았다.

"말이 너무 심하시오, 련주. 아니, 련주께서 그런 말을 하면 대체 이 늙은 뼈다귀는 어쩌라는 게요?"

설무백은 어째 귀에 익은 목소리다 싶어서 시선을 주고는 절로 쓰게 입맛을 다셨다.

첩첩산중, 아니, 점입가경(漸入佳境)이었다.

자못 퉁명스러운 어조로 넉살 아닌 넉살을 부리며 대청으로 들어서는 사람은 다름 아닌 화산제일검인 경빈진인이었고, 그 뒤를 따르는 두 사람은 화산파를 대표하는 검객들인 화산칠검의 수좌 적엽진인과 지금은 오직 그만이 알고 있는 차기 화산제일검 무허였다.

혹시나 그들 일행이 북련의 총단에 있을지도 모른다는 생각을 하긴 했지만, 막상 정말로 마주치게 되자 참으로 기분이 묘해지는 설무백이었다.

"어이쿠, 이런……! 이거 정말 제가 크나큰 결례를 저질렀습니다. 하하하……!"

팽의정이 짐짓 어쩔 줄 모르겠다는 듯이 민망하게 웃으며 두 손을 모았다.

제아무리 북련주인 팽의정이라고 해도 강호 무림의 최고배분에 속하는 화산파의 원로 경빈진인에게는 절대적으로 양보하지 않을 수 없는 것이다.

"그냥 늙은이가 매번 농 짓거리 대신 하는 탄식이오. 괘념치 마시구려. 그보다……."

경빈진인이 구부정한 허리에 뒷짐을 지고 있던 손 하나를 애써 풀러 팽의정을 향해 내젓고는 이내 설무백에게 시선을 주며 주름진 턱을 주억거렸다.

"대체 무슨 소란이 이리 요란하나 했더니만 자네였구먼. 내 언제고 다시 한 번쯤은 다시 만날 것 같다는 생각을 하긴 했지만, 그게 이렇게 빠를 줄은 몰랐군. 대체 이 시기에 자네가 여긴 어쩐 일인가?"

설무백이 대답하기도 전에 팽의정이 적잖게 놀라는 표정으로 나섰다.

"여기 이 소협과 소통이 있으셨습니까?"

경빈진인이 대답했다.

"소통이랄 것까지는 아니지만, 이런저런 사정으로 인연이 닿아서 안면을 익힌 사이라오."

팽의정의 고개를 끄덕이며 거듭 무언가 물어보려는 기색인데, 다른 사람이 불쑥 끼어들었다.

"저기, 그런 식의 인연이라면 저도 좀 있습니다."

공동파의 장문인 광진자의 곁에 자리한 공동파의 장로인 현천상인이었다.

장내의 시선이 쏠리자, 그가 어색한 미소를 흘리며 부연했다.

"제자의 일로 난주에 갔다가 저분, 설 소협을 한번 만나 본 적이 있습니다."

"직접 만나 본 적은 없지만⋯⋯."

또 다른 사람이 나서서 현천상인의 말을 받았다.

북개방의 취죽개였다.

"이 거지 역시 저 친구와 인연이 좀 있습니다. 본인의 제자가 한동안 저자의 집에서 기숙을 했다고 하더군요."

설무백은 본의 아니게 떨떠름한 표정으로 변해서 입맛을 다셨다.

어쩌 사람을 세워 두고 껍질을 하나씩 까는 것 같아서 기분이 별로 좋지 않았다.

이제 장내의 모든 수뇌들과 명숙들의 시선이 그에게 고정되어 있어서 더욱 그랬다.

장내의 분위기가 어색하게 변해 가고 있었다.

팽의정이 그걸 예민하게 느낀 듯 애써 활짝 웃는 낯으로 주위를 환기시키며 말했다.

"이거 이제 보니 우리 북련과 인연이 매우 깊은 사람이었군 그래?"

설무백은 지금 이 말이 대답을 요구하는 질문도 아니고, 설령 질문이라고 해도 대답해 줄 기분이 전혀 아니었다.

대신 그는 작금의 상황을 보다 명확하게 해 둘 필요성이 느껴져서 말을 받았다.

"그게 좋은 인연인지 나쁜 인연인지는 잘 모르겠지만, 저야말로 이제 보니 여기 계신 적지 않는 분들과 인연을 맺고 있었네요. 그래서 하는 말인데……."

잠시 말꼬리를 흐린 그는 자못 멋쩍은 표정으로 슬쩍 희여산을 일별하며 물었다.

"그럼 이제 그것으로 지금 이런 소란이 일으킨 희 총사에 대한 의심이 다 풀린 건가요? 외람되지만, 그녀에 대한 의심이 풀려야 제가 여기를 떠날 수 있어서 말입니다."

팽의정이 뭐라고 대답하기도 전에 누군가 단호한 어조로 설무백의 말꼬리를 잡고 나섰다.

"희 총사에 대한 의심은 애초에 말이 안 되는 일이었소!"

홍염객 등과 함께 나타나서 알게 모르게 희여산을 다독이고 있던 아미파의 장로 혜월신니였다.

사람들의 시선이 쏠리자 그녀가 한층 더 목소리에 힘을 주어서 강변했다.

"단지 사건이 일어난 날에 사라졌다고 해서 범인으로 추측하는 불합리가 세상에 또 어디에 있을 것이오!"

혜월신니는 아미파의 장문인인 금정신니의 대리인 자격으로 북련에 파견 나와 있는 만큼, 적어도 북련의 내부에서 그녀의 말은 아미파의 장문인의 말과 같은 효력을 가진다.

눈치로 봐서 희여산이 사라진 동안에는 그녀도 혹시나 하는 마음에 소침해져서 강한 주장을 내세우지 못한 것 같았으나, 이제 상황이 달라졌다.

희여산이 버젓이 나타났으니, 그것도 자신이 범인이 아님을 증명해 줄 사람까지 데리고 나타난 마당이니, 그녀의 입장에선 기가 살 수밖에 없는 것이다.

그러나 팽의정은 분명 전후 사정을 다 짐작하면서도 어디까지나 중도를 고집했다.

"신니의 말이 부당하다 말할 수는 없으나, 사건의 무게로 볼 때, 마땅히 확인은 필요하다는 것이 본인의 판단이오. 해서, 청하는 바이오만, 마침 희 총사가 돌아왔으니 일전에 마무리 짓지 못하고 끝낸 회의를 마저 진행해서 끝내는 것이 어떻겠소?"

"그게 좋겠소."

"아주 좋은 생각이오."

"본인 역시 찬성이오."

동의가 나오고, 제청과 삼청이 이어졌다.

장내의 누구도 이견이 없었다.

장내의 모두가 동의하고 동조하는 분위기였다.

오직 한 사람만 빼곤 그랬다.

"정말 야박하시네!"

설무백은 정말 불쾌해서 짜증이 난다는 태도로 장내를 둘러보며 말했다.

"내 일도 아닌 남의 일에 도움을 주고자 손에 피를 묻히는 것도 부족해서 몇 날을 쉬지 않고 달려왔습니다. 보답은 바라지도 않습니다만, 좀 씻고 먹으면 안 되겠습니까?"

세간에 알려진 성격과 달리 내내 침묵을 유지한 채 설무백을 살피고만 있던 진주언가의 가주 패권 언호량이 불쑥 나서며 말을 받았다.

"정말 남의 일에 도움을 주려고 나선 건지 아니면 다른 의도를 가지고 나선 건지는 아직 모르는 일이오. 이제부터 조사해봐야지요."

종남파의 장문인인 맹검수사 부약도가 기다렸다는 듯 맞장구를 쳤다.

"옳은 말이오. 철저한 조사가 따라야 할 것이오."

설무백은 자신의 말에 반박하고 나선 인물이 하필이면 진주언가의 가주인 언호량과 종남파의 장문인인 부약도라는 것이 눈에 거슬렸다.

공야무륵이 그런 그의 마음을 다른 누구보다도 먼저 알아채며 도끼 자루를 잡고 앞으로 나섰다.

아니, 앞으로 나서려 했다.

요미도 움직일 조짐이 보였다.

그녀는 대담하게도 은연중에 북련주인 팽의정을 노려보고 있었다.

설무백은 공야무륵의 입이 열리기 전에, 그리고 요미가 움직이기 전에 먼저 손을 옆으로 내밀어서 막았다.

이건 그의 싸움이었다.

"여태 뭐 하고 이제야 조사한다는 건지는 잘 모르겠지만, 어쨌든, 설마 그 조사라는 것이 저를 두고 하는 말은 아니겠죠?"

"왜 아니겠나? 당연히 자네지!"

"자네의 심중을 확인하려는 거 아닌가. 당연히 자네를 조사해야지 다른 누구를 조사하겠나."

즉시 대답한 언호량과 부약도는 너무나도 당연하다는 태도였다.

설무백은 갑작스러운 하대보다는 그런 그들의 태도가 더 마음에 들지 않아서 완전히 삐뚤어졌다.

"제가 싫다면요? 만사 다 귀찮아서 이대로 그냥 돌아가겠다면요?"

부약도가 자못 준엄하게 꾸짖었다.

"여기는 북련의 영내다! 올 때는 마음대로 왔을지 모르나 갈 때는 절대 그럴 수 없음이니, 괜한 오기를 부리지 말라!"

"아, 무서워라."

설무백은 전혀 무서워하지 않는 표정으로 무섭다고 말하며 빙그레 웃었다. 그리고 어딘가 고장 난 사람처럼 또박또박 한 자, 한 자 끊어서 다시 말했다.

"무슨 말인지 잘 알겠습니다. 그럼 저는 이제 그만 가 볼 테니, 어디 한번 잘 막아 보세요."

언호량과 부약도의 안색이 확 변했다.

분노에 앞서 당황이었다.

설마하니 설무백이 이렇게 나올 줄은 정말 꿈에도 예상하지 못한 것이다.

팽의정도 어이없어하며 선뜻 나서지 않고 있는 그때.

"앞뒤 안 가리고 나서는 그 패기는 여전하군그래."

경빈진인이 웃음을 흘리며 나서더니, 슬쩍 언호량과 부약도를 바라보며 마치 남들이 듣지 못하게 하려는 것처럼, 하지만 다 들을 수 있는 목소리로 넌지시 말했다.

"소문대로의 인간인지 한번 시험해 볼 요량으로 나선 것 같은데, 이쯤에서 그만 두는 것이 어떻겠소?"

언호량과 부약도가 선뜻 대답을 못하고 머뭇거렸다.

상대가 상대인지라 거절하고 싶어도 쉽게 거절할 수가 없다는 태도였다.

경빈진인이 그런 그들에게 가깝게 다가가며 재차 나직이 말했다.

"노도가 저 친구를 좀 알아서 하는 말이오만, 나라면 쓸데없이 그런 모험은 절대 하지 않겠소. 이제 언 가주나 부 장문께서도 얼추 눈치챘겠지만, 저게 그냥 막무가내로 부리는 똥배짱이 아니거든. 노도로서도 호락호락하게 생각하기 어려울 정도로 그리 만만한 친구가 아니란 말이지."

언호량과 부약도의 눈이 커졌다.

천하의 화산제일검이 자신조차 만만하게 볼 수 없는 상대라고 설무백을 치켜세웠다.

아무리 상황을 중재하기 위한 노력으로 그냥 하는 말이라고 해도 절대 가볍게 넘길 수 없는 것이다.

언호량이 애써 너털웃음을 흘리며 수긍했다.

"아닙니다. 후배가 호기심에 너무 심취한 나머지 너무 심했던 것 같습니다."

부약도도 서둘러 물러났다.

"부끄럽습니다. 노야 앞에서 추태를 부렸네요."

"추태는 무슨……."

경빈진인이 주름진 입가로 짙은 미소를 드리우며 장내를 둘러보았다.

"지금 여기서 저 친구의 신위가 어느 정도인지 궁금하지 않은 이가 어디 한 명이라도 있을까 봐?"

장내의 모든 수뇌들과 명숙들 모두가 너나 할 것이 거의 동시에 헛기침을 하거나 시선을 돌리며 딴청을 부렸다.

다들 정곡을 찔린 사람들의 모습이었다.

경빈진인이 은근슬쩍 그런 사람들을 곁눈질하며 끌끌 혀를 차고는 곧바로 설무백에게 시선을 주며 물었다.

"늙은이 체면 살려 줄 거지?"

설무백은 절로 한숨을 내쉬며 고개를 끄덕였다.

이런 것이 바로 노강호의 수완이라는 것인지 감히 거절할 수가 없었다.

"그냥 부리는 똥배짱이었습니다. 말려 주시니 정말 감지덕지입니다."

팽의정이 경빈진인의 중재를 받아들이는 설무백의 말을 듣기 무섭게 이때다 싶은 표정으로 나서며 재빨리 말했다.

"저녁식사까지 대략 한 시진 반이 남았으니, 다들 저녁식사를 끝내고 해시(亥時 : 오후9~11시)가 시작되기 전에 취의청에서 보는 것으로 합시다."

그러고는 웃는 낯으로 설무백을 보고 다시 희여산을 향해 말을 덧붙였다.

"자네가 설 소협이 여독을 풀 수 있도록 거처를 마련해 주게. 자네도 좀 쉬고."

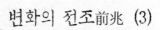

변화의 전조前兆 (3)

사실 여부를 살펴보겠다는 것은 아무리 생각해도 죄가 있는지를 확인하겠다는 말을 유하게 표현한 것이다.

　그런 전제를 깔아 놓은 상태에서 정작 당사자인 희여산을 자유롭게 풀어 두는 것도 모자라서 설무백 등의 안내자로 붙인 것은 적잖은 모순이었다.

　그러나 그와 같은 팽의정의 결정은 절묘한 순수였다.

　그로 인해 희여산은 자신의 처우에 대한 분노를 삭였고, 북련의 요인들인 각파의 수뇌들과 명숙들은 그녀에 대한 의심을 적잖게 희석시킬 수 있었기 때문이다.

　적어도 설무백이 보기에는 그랬다.

　물론 희여산의 감정이 다 풀어진 것이 아닌 것처럼 여전히 그녀에 대한 의심을 전혀 풀지 않는 수뇌들이나 명숙들도 남은 것으로 보였지만 말이다.

희여산도 그와 같은 생각을 하고 있었다.

다만 그녀가 그 말을 꺼냈을 때, 설무백은 매우 냉담하게 대응했다.

"내가 도왔고, 잠시 동행했으며, 지금 이렇게 같이 있다고 해서 우리가 한편이라고 오해하는 것은 금물이오. 다 필요에 의한 행동이오. 나는 여차하면 가차 없이 그대의 목을 벨 수 있는 사람이라는 것을 잊지 마시오."

희여산이 대수롭지 않게 웃는 낯으로 말을 받았다.

"누굴 죽이려고 작심한 사람은 표적인 당사자에게 죽이겠다는 말을 하지 않아요. 그냥 죽이면 되니까. 마찬가지로 진짜 적은 상대에게 적이라고 밝히지 않죠. 적이면 적인 거지 쓸데 없이 왜 적에게 경각심을 가지게 하겠어요."

설무백은 마찬가지로 희여산처럼 대수롭지 않게 웃는 낯으로 대답했다.

"이런 걸 바라고 그러는 거요. 벌써 당신의 믿음을 얻었잖소. 일종의 반간계(反間計)라고나 할까?"

희여산이 살짝 안색을 굳히며 반문했다.

"내 믿음을 얻어서 무엇 하게요?"

설무백은 어디까지나 태연하게 대꾸했다.

"당신의 믿음을 얻으면 당신을 이용할 수 있게 되는 거요.

작금의 강호 무림에서 당신의 입자는 꽤나 괜찮아서 이것저것 얻을 것이 꽤나 있소."

희여산이 어처구니가 없다는 듯 실소하며 물었다.

"이렇게나 상세한 내막을 노출하는 것도 나를 이용해 먹기 위한 작전의 일환이라는 건가요?"

설무백은 부정하지 않았다.

"당연하오. 지금의 성과를 보시오. 당신이 점점 더 나를 믿고 있지 않소."

희여산이 오만상을 찡그리며 설무백을 보았다.

그런 것 같기도 하고 아닌 것 같기도 하다는 표정이었는데, 결국에 가서는 모르겠는 모양이었다.

"그렇다고 치고⋯⋯."

이내 한숨을 내쉬며 손을 내저은 그녀는 자못 예리해진 눈초리를 드러내며 물었다.

"그래서 나를 어디에, 아니, 무엇을 위해 이용하려는 거죠?"

설무백은 일말의 주저함도 없이 대답했다.

"굳이 무엇을 위해 이용하지 않아도 되오. 어떤 사람은 다른 어떤 사람에게 그저 그 자리에 존재하는 것만으로도 충분한 가치를 부여하는 경우도 있지 않겠소."

희여산의 표정이 새삼 볼썽사납게 일그러졌다.

다시금 알 것도 같고 모를 것 같기도 한 혼돈(混沌)의 늪에 빠진 표정이었다.

이윽고, 그녀는 앞서처럼 다시 또 한숨을 내쉬고 손을 내저으며 말했다.

"이젠 정말 당신이 저와 대등한 입장이 되어 있다는 것을 인정하지 않을 수 없군요. 전과 달리 이젠 당신의 심중을 전혀 읽을 수가 없으니 말이에요."

설무백은 무심하게 물었다.

"전에는 내 심중을 정확히 읽은 것이 맞소?"

희여산이 이젠 정말 다 내려놓은 것처럼 태연하게 변해서 대답했다.

"그것조차 확신할 수 없으니 하는 말이에요. 당신에 대한 저의 평가가 애초에 잘못되었음을 인정하는 거예요."

설무백은 고개를 갸웃했다.

"나에 대한 평가가 애초에 잘못되었기 때문에 이제는 동등한 입장이다?"

희여산이 의미를 알 수 없는 미소를 흘렸다.

"마찬가지로 내가 지금 당신이 알고 있는 것보다 더 대단한 여자라는 뜻이겠죠, 아마?"

설무백은 더는 대답하지 않고 그냥 인정하겠다는 듯 미소로 화답했다.

물론 그는 그녀에 대한 거의 모든 것을 소상하게 파악하고 있었으나, 굳이 지금 시점에 그걸 드러낼 필요는 없었다.

"참고하겠소."

"저 역시 당신에 대한 평가를 다시 계산해 보도록 하죠."

희여산이 어느새 혼란스럽던 마음을 다잡은 듯 경쾌해진 목소리로 대답하며 슬쩍 전면을 가리켰다.

"저기예요. 빈청(賓廳)으로 쓰는 선유각(仙遊閣)이에요. 손님이 없어서 다 비어 있으니, 어느 방이든 마음대로 써도 돼요."

"식사는?"

"원래 정해진 장소가 있지만, 아무래도 불편할 테니 오늘은 그냥 여기 대청으로 식사를 보내 줄게요. 내일부터는 따로 숙수를 구해 주도록 하고요."

"여기서 그리 긴 시간을 보낼 생각은 없소. 전에 말했다시피 할 일이 많은 몸이라서 말이오."

"가급적 빠른 시일 내에 떠날 수 있도록 해 드리죠. 가능하다면 취의청의 자리에 나서지 않아도 되도록 하고요."

"그럴 수 있겠소?"

"그 정도는 돼야 이용 가치가 있는 거 아닌가요?"

"……."

"그럼 쉬도록 해요."

"알겠소, 그리고 고맙소."

"별말씀을……! 그럼 저는 이만……! 가능하면 이따가도 제가 데리러 오도록 하죠."

희여산은 언제 속내를 드러내며 진지한 얘기를 했냐는 듯 냉정해진 태도, 사무적인 어조로 매우 상투적인 설명과 인사를 하며 돌아섰다.

요미가 멀어지는 그녀를 보며 말했다.

"삐졌네요. 매우 기쁘게도."

설무백은 그녀의 머리를 가볍게 한 대 쥐어박으며 선유각으로 들어갔다.

이 층의 전각인 선유각은 각 층에 대청 하나와 다섯 개의 방을 가진 구조였다.

설무백이 그중 이 층의 방 하나를 택하자, 요미가 그 좌측의 방을 택하고, 공야무륵과 위지건이 그 우측의 방을 택했으며, 혈영과 흑영, 백영은 일 층의 방을 선택했다.

이 층에 방이 남아 있음에도 혈영 등이 일 층의 방을 선택한 것은 순전히 경계라는 측면을 고려한 혈영의 결정이었다.

혈영은 어디서나 늘 그렇듯 단 한순간도 경계의 끈을 놓지 않고 있었다.

"아까는 여독을 풀라고 해 놓고 떼거지로 몰려와도 칼을 휘둘러도 전혀 이상할 것이 없는 분위기였습니다."

혈영의 뼈 있는 농담이었다.

물론 설무백은 제아무리 북련의 내부 알력이 심화되었어도 그 정도나 기강이 무너지지는 않았을 것이라고 보았고, 실제로 그런 일은 벌어지지 않았다.

그럴 수 있는 시간적인 여유도 없었다.

설무백을 비롯한 모두가 잠시 씻고 쉬는 사이에 몇몇 무사들이 가져다 놓은 저녁식사를 끝내자마자 희여산이 찾아왔다. 그리고 의외의 소식을 전해 주었다.

"다행히 약속을 지킬 수 있게 되었네요. 취의청의 회의는 저만 참석하는 것으로 결정 났어요. 이제 설 소협은 원한다면 지금 당장 떠나도 돼요."

설무백은 이채롭다는 표정으로 물었다.

"갑자기 상황이 그렇게 바뀐 이유가 뭐요?"

희여산이 속을 알기 어려운 눈빛으로 그를 바라보며 의미심장하게 대답했다.

"제가 더 놀랐네요. 의외로 아군이 많더군요. 사공척 단주가 적극적으로 나서기도 했지만, 그분들의 지원이 정말 만만치 않아서 나온 결정이에요."

문득 그녀는 고개를 갸웃하며 물었다.

"설마 여기까지 내다보고 그리 자신 만만하게 시간이 없다고 말한 건가요?"

설무백은 그저 웃고 말았다.

정말 대답이 필요해서 묻는 말이 아니라는 것을 알기 때문이다.

대신 그는 다른 것을 말했다.

"어쨌거나 그럼 사공척 단주는 이제 제선대를 맡게 되었겠구려."

희여산의 눈이 커졌다.

"그야말로 점입가경이군요. 그건 또 왜 그렇게 생각하는 거죠?"

설무백은 아무렇지도 않게 대답했다.

"추 가의 본색이 드러난 이상, 누구도 더는 명문 정파의 후예가 아닌 자를 요직에 앉히려 들지 않을 거요. 하물며 직접적이 무력을 행사할 수 있는 전위대의 수장이라면 두말할 나위도 없지 않겠소."

"북련 산하에는 명문 정파만이 아니라 대소 삼십여 개의 흑도방파도 있다는 것을 몰라서 그런 소리를 해요? 그건 결코 그리 단순하게 생각하고 결정할 문제가 아니에요."

"그래서 내 예상이 틀렸다는 거요?"

희여산이 선뜻 대답하지 못하고 머뭇거리다가 이내 변명처럼 입을 열었다.

"······그건 아니지만······!"

"아니면 그것으로 됐지 않소."

설무백은 천연덕스럽게 잘라 말했다.

"당신은 내게 왜 그렇게 생각하는지 물었고, 나는 그저 그렇게 생각하는 이유를 밝혔을 뿐이오. 뜨내기손님과 다를 바 없는 내가 북련의 내부 문제까지 알아야 할 이유는 없지 않겠소."

"그렇군요. 확실히 그래요."

희여산이 굳은 안색으로 인정하며 지그시 입술을 깨물었다.

설무백은 그런 그녀의 모습을 보자 내심 고소를 금치 못했다.

희여산의 속내가 너무나도 뻔히 읽혔다.

그녀는 사공척이 추여광의 뒤를 이어서 제선대주가 되는 것에는 별다른 불만이 없어 보였다.

다만 그녀는 명문 정파의 후예만이 요직에 앉게 되는 작금의 사태가 마뜩찮게 생각하는 것 같았고, 그 이유는 바로 그녀가 명문 정파의 제자임에도 흑도방파의 지지를 받고 있기 때문일 터였다.

'이 여자가 이렇게 속이 뻔히 보이는 여자였던가?'

설무백이 절로 그런 생각이 들어서 은연중에 새삼스러운 눈빛을 드러내며 희여산을 살펴보았다.

희여산이 그런 그의 태도를 인지한 것 같지는 않았으나, 왠지 모르게 대뜸 냉랭하게 변해서 물었다.

"그래서 이제 어쩔 건가요? 지금 바로 떠날 건가요?"

설무백은 고개를 저었다.

"그러기에는 너무 늦은 시간이오. 오늘은 그냥 여기서 쉬고 내일 떠나도록 하겠소. 그래도 되겠지요?"

"그야 물론이지요. 그럼 그만 쉬도록 해요."

희여산이 애써 냉정한 기색으로 서둘러 인사하며 설무백의 방을 빠져나갔다.

문가를 지키고 서 있던 공야무륵이 슬며시 창가로 이동해서 서두르는 잰걸음으로 선유각을 벗어나는 희여산의 뒷모습을 지켜보며 의미심장하게 중얼거렸다.

"경험상 치밀하던 여자가 허술해지는 것은 오직 한 가지 이유밖에 없지요."

설무백에게 들으라는 말이었다. 하지만 지금 설무백의 방에는 그와 설무백만 있는 것이 아니라 위지건도 있고, 무엇보다도 눈치 빠른 요미도 있었다.

요미가 창가에 서서 짐짓 두 눈을 게슴츠레하게 뜨고 멀어지는 희여산을 향해 두 손을 내밀더니, 손가락을 어지럽게 흔들며 마치 주문을 외우듯 주절거렸다.

"오빠에게서 멀어질지어다……!"

설무백은 헛웃음을 흘리며 다가가서 요미의 머리를 한 대 쥐어박았다.

요미가 아픈 기색 하나 없이 돌아서서 설무백을 향해 희여산에게 하던 짓을 그대로 하며 새로운 주문을 암송했다.

"다른 여자를 멀리할지어다……!"

설무백은 짐짓 눈을 부라리며 다시금 손을 쳐들었다.

요미가 재빨리 하던 행동을 멈추며 후다닥 뒤로 물러나서 딴청을 부렸다.

그때 암중의 혈영이 조심스럽게 물었다.

"바로 떠나지 않는 이유가 따로 있으신지요?"

설무백은 가만히 고개를 끄덕이는 것으로 수긍하며 말했다.

"개인적으로 나를 만나 보고 싶어 하는 사람이 있을 것 같아서."

혈영이 물었다.

"누구죠?"

설무백은 느긋하게 침상에 자리를 잡고 비스듬히 누우며 대답했다.

"누구라기보다는 몇이나 될지가 궁금하네."

여러 명이라는 뜻이고, 누군지 모르는 인물이 있을 수도 있다는 뜻이었다.

과연 그의 예상대로였다.

야심한 시각이 되자 남몰래 그의 거처를 찾아오는 손님들이 있었다. 첫 번째 손님은 바로 취죽개였다.

축시(丑時 : 오전 1~3시)경이었다.

설무백은 잠들지 않고 창가의 다탁에 앉아서 차를 마시고 있었다.

역시나 잠들지 않고 보이지 않는 암중에서 그의 곁을 지키고 있던 혈영으로부터 손님이 방문했다는 보고를 들은 지 서너 호흡이 지나지 않아서 인기척이 났고, 조용히 문이 열리며 한 사람이 방으로 들어왔다.

허락도 없이 문을 열고 들어온 사람이었으나, 설무백은 탓하지 않았다.

내심 기다리던 사람 중의 하나였기 때문이다.

취죽개였다.

그 취죽개가 다탁에 앉아서 아무렇지도 않게 쳐다보는 설무백을 보고는 머쓱하게 물었다.

"안 놀라네?"

설무백은 어깨를 으쓱이며 반문했다.

"놀라야 하나요?"

취죽개가 보란 듯이 설무백을 위아래로 훑어보며 다탁의 맞은편에 자리를 잡고 앉았다.

"내가 올 줄 알았다는 건데, 왜 그렇게 생각했지?"

"우선 상황부터 제대로 정리하죠."

설무백은 사뭇 정색하고 탁자를 두드리며 재우쳐 말했다.

"북련의 입장에서는 제가 객이지만, 지금 이 순간만 놓고 보면 제가 주인이고 그쪽이 객입니다. 하물며 허락도 없이 야밤에 찾아온 불청객이죠. 저는 그런 불청객에게 하대를 받을 만한 이유가 전혀 없습니다만?"

취죽개가 천연덕스럽게 웃었다.

"그게 아니꼬우면 너도 그냥 말 놔."

예상하기 어려운 의외의 반응이었다.

그러나 설무백은 전혀 놀라지도, 당황하지도 않았다.

그냥 기다렸다는 듯이 수긍했다.

"그러지, 그럼."

취죽개가 새삼 웃었다.

설무백의 당돌함이 매우 이채롭다는 반응이었다.

설무백은 그에 아랑곳하지 않고 태연하게 다시 입을 열었다.

"그럼 이제 본론으로 들어가서, 이 야심한 시각에 개방의 단주가 나를 찾아온 이유가 뭐지?"

취죽개가 어깨를 으쓱했다.

"단주 아닌데?"

"……?"

설무백이 고개를 갸웃하며 바라보자, 취죽개가 히죽 웃으며 다시 말했다.

"지금은 법개야. 달포 전에 승급했지. 법개가 무슨 일을 하는 걸개인지는 알지?"

취죽개는 대답을 기다리지 않고 친절하게 부연했다.

"우리 개방의 법을 수호하고 걸개들의 질서를 챙기는 아주 높은 지위지."

설무백은 웃는 낯으로 물었다.

"그걸 자랑하고 싶어서 이 야심한 시각에 찾아온 건 아니겠지?"

취죽개가 고개를 저으며 미소를 흘렸다.

"물론 아니지. 나는 그저 세상 모든 일을 다 알 것 같은 사람이 아직 이걸 모르고 있나 해서 말이야."

설무백은 이 말로 인해 취죽개가 찾아온 용건을 능히 짐작할 수 있었다.

취죽개는 틀림없이 제자인 무진개 천이탁에게 그가 한 얘기들을 전부 다 들었다.

특히 그중에서도 결정적으로 그 자신이 쥐도 새도 모르게 실종되었다가 다시 나타나게 될 것이며, 그때 겪은 사연으로 인해 천이탁도 엄청난 변화를 맞이하게 된다는 예언에 놀라서 찾아온 것이 분명했다.

설무백의 예언대로 취죽개는 그간 그와 같은 과정을 겪었기 때문에, 즉 우연찮게 개방의 선대 중 최고수로 평가받는 개왕 이타성의 유전을 얻는 일생일대의 행운을 맞이했던 것이다.

설무백은 굳이 그걸 내색하지 않으며 마치 남이 들으면 안 되는 말을 하듯 상체를 앞으로 숙이고 나직이 물었다.

"그래서 뭐가 더 궁금한 건데? 어디까지 더 얘기해 주면 되겠나?"

취죽개의 안색이 변했다.

"정말 그걸 내다보고 말했다는 거냐?"

차마 자신이 개왕의 유전을 얻은 행운은 언급하지 못하겠는지 '그걸'이라는 표현으로 대신하고 있었다.

설무백은 대수롭지 않게 그냥 까놓고 말했다.

"그걸? 당신이 개왕의 유전을 얻은 거? 그걸 미리 말해 준 것이 뭐가 어때서?"

취죽개의 안색이 싸늘하게 식었다.

가늘게 좁혀진 두 눈에는 살기마저 서렸다.

"지금 그 말이 얼마나 위험한 말인지 알고 있나?"

설무백은 같잖다는 듯이 웃었다.

실제로 취죽개의 위협이 같잖게 느껴졌다.

좋은 것이든 싫은 것이든 숨기고 있던 혹은 숨기려 하던 자신의 비밀이 드러나면 우선적으로 살인멸구를 생각하는 무림인들의 습성은 전생에서부터 그가 가장 경멸하는 것 중의 하나였다.

그는 그만큼 불쾌한 감정을 담아서 되물었다.

"알면 어쩌고, 모르면 어쩔 건데? 어디 한번 이 자리에서 개왕의 무공을 견식해 주겠다는 건가?"

취죽개가 흠칫 놀랐다.

지금 설무백이 발하는 위압감은 개왕의 유전을 이어받은 지금의 그로서도 쉽게 감당할 수 있는 것이 아니었다.

제자인 천이탁의 말과 북개방이 수집한 수많은 정보를 통해서 설무백을 충분히 파악했다고 생각했는데, 전혀 그렇지가 않았다.

그가 여태 알고 있던 설무백과 지금 그가 마주한 설무백은 매우 달랐다.

제자의 눈을 믿지 않아서도 아니고, 소문은 어디까지나 소문이라며 과장되기 마련이라는 편견을 가져서도 아니었다.

제자의 말과 세간의 소문은 지금의 설무백을 반도 제대로 설명해 주지 못하고 있었다.

　지금 그가 마주한 설무백은 개왕의 유전을 얻기 전부터 북개방의 서열 오십 위권에 들었으며, 개왕의 유전을 이어받은 지금에 와서는 족히 북개방의 서열 십위 권 안팎이며, 강호 무림을 통틀어서 능히 백대 고수에 들어갈 것이라는 그의 자부심을 속절없이 무너트리는 것이었다.

　'이 정도 신위는……?'

　능히 천하 십대 고수의 반열이었다.

　애초에 약하게 나갈 구석이 조금도 없다고 생각하며 설무백을 찾아온 그는 이제 놀랍다 못해 어이가 없어서 절로 실소하며 말을 흘렸다.

　"대체 너 같은 종자가 어떻게 가능한 거지?"

　설무백은 전의를 상실한 취죽개의 모습을 보고 은연중에 끌어 올렸던 내공을 놓으며 픽 웃으며 말했다.

　"세상이 원래 그래. 사람이 생각할 수 있는 것 이상으로 단순하면서도 사람이 이해할 수 있는 것 이상으로 매우 복잡하기도 하지."

　취죽개가 잠시 멍하니 그대로 앉아서 설무백을 바라보았다.

　딱히 뭐라 형용할 수 없는 오만가지 생각이 뇌리를 스치는 사람의 모습이었다.

설무백은 그의 정신을 일깨워 주었다.

"그보다 이제 보니 나를 찾아온 이유가 그게 다는 아닌 것 같은데, 뭐가 더 있는 거야?"

취죽개가 정신을 차리며 쓰게 웃었다.

"련주가 너를 매우 궁금해 해. 그래서 네가 어떤 인간인지 더 알아보려고 온 거야. 과연 어디서부터 어디까지 보고를 해야 하는지 전혀 감이 오지 않아서 말이야."

설무백은 어이가 없어서 웃었다.

"아까는 너무 감추려하더니만 이젠 너무 까발리네?"

취죽개가 자못 음흉한 미소를 흘렸다.

"흐흐. 무력시위가 전혀 통하지 않는 인간이라는 것을 알았으니, 이제 솔직하게라도 나가서 선처라도 바라봐야지."

"선처?"

"딱 하나만 솔직하게 말해 주라. 설 객주(客主) 너, 적이냐, 아군이냐?"

"누구의?"

"당연히 우리 북련이지."

설무백은 의미심장한 미소를 지으며 말했다.

"남몰래 남개방과의 회합을 도모하는 북개방의 법개 입에서 당연히 우리 북련이라는 말은 좀 가당치 않은 것 아닌가?"

취죽개가 한 방 맞은 표정으로 두 눈을 끔뻑이며 중얼거렸다.

"너 참 사람 바보로 만드는 재주가 있구나."

설무백은 가볍게 웃으며 말했다.

"각설하고 말하자면, 내가 생각하는 적은 따로 없어. 어제의 적이 오늘의 아군으로 변할 수 있는 것이 작금의 강호 무림이라고 생각하니까."

"소위 말해서 필요하다면 오월동주(吳越同舟)도 가능하다는 소린가?"

"아니, 그냥 순수하게 적이 따로 없다는 거야. 한마디로 세상에 믿을 놈이 별로 없다는 뜻이지."

취죽개가 무슨 말인지 알겠다는 듯 고개를 끄덕이다가 문득 묘한 미소를 지으며 말했다.

"그래도 명백한 적은 있는 것 같던데? 이를 테면 천사교 말이야."

설무백은 못내 이채로운 눈빛을 드러내다가 이내 상대가 바로 정보의 바다를 거느린 개방의 법개라는 사실을 떠올리고는 묵묵히 고개를 끄덕였다.

조금 과장해서 그간 하루가 멀다 하고 천사교의 비밀 근거지를 털고 다녔다.

사방에 이목을 깔아 둔 개방이 아직까지 그의 활동을 모르고 있다면 그게 오히려 이상한 일일 터였다.

그는 웃는 낯으로 인정했다.

"확실히 그건 그래. 그자들은 여러모로 나와 악연이 많은 자들인 것 같아서 말이야."

취죽개의 눈이 빛났다.

"다른 건 몰라도 그들을 상대하는 것이라면 충분히 공조도 가능하다는 소리로 들리는데, 맞나?"

설무백은 짧게 수긍했다.

"필요하다면."

"알겠어. 아쉬운 대로 이 정도면……!"

취죽개가 기껍게 웃는 낯으로 손바닥을 비비며 자리를 털고 일어났다.

"생각 같아서는 대체 나도 짐작하지 못하는 내 앞날을 어찌 그리 정확하게 안 것인지 바짓가랑이라도 붙잡고 늘어지며 묻고 싶지만, 아무리 봐도 그건 절대 말해 줄 것 같지 않으니, 오늘은 이 정도로 만족하고 물러가지. 더 이상 지체하다간 눈치 없다고 볼기짝이라도 한 대 맞을 것 같아서 안 되겠어. 그럼 이만……!"

설무백은 그저 웃으며 서둘러 밖으로 나서는, 그것도 창문을 통해서 사라지는 취죽개를 말리지 않았다.

그도 이미 사정을 알고 있었기 때문이다.

아니나 다를까, 취죽개가 창문 밖으로 사라지고 얼마 지나지 않아서 툴툴거리는 목소리와 함께 방문이 열렸다.

"하여간 개방 것들은 늙으나 젊으나 말이 너무 많아. 밤늦게 찾아왔으면 용건만 간단히 말하고 사라질 것이지 무슨 말이 그리 많은지…… 안 그런가?"

마치 지켜보기라도 한 것처럼 취죽개가 사라진 창문을 노려보고 따지며 방 안으로 들어서는 사람은 바로 길쭉한 대나무로 꾸부정한 허리를 지탱하고 있는 화산제일검 경빈진이었다.

그리고 그 뒤에는 명실공히 화산파를 대표하는 검객들이라는 화산칠검의 수좌 적엽진인과 막내 무허가 따르고 있었다.

설무백은 머쓱하게 웃는 낯으로 자리에서 일어나며 말을 받았다.

"그나마 진인 어른의 사정을 봐서 이제라도 돌아간 겁니다. 아니었으면 오늘 밤을 새도 부족한 사람처럼 할 말이 태산인 것 같았으니까요."

"그랬나?"

"그보다 아까는 이래저래 눈치를 보느라 제대로 인사도 드리지 못했습니다."

설무백은 정중하게 포권의 예를 취했다.

"정식으로 다시 인사드리겠습니다. 그간 너무 적조(積阻)했습니다, 진인 어른."

경빈진인이 기꺼이 인사를 받고는 마치 자신이 주인처럼 다탁의 의자에 먼저 앉으며 설무백에게 맞은편 자리를 권했다.

"앉지?"

설무백은 자리에 앉으며 물었다.

"무슨 일이십니까?"

경빈진인이 어색한 미소를 흘리며 말했다.

"다름이 아니라 내가 이렇듯 야심한 시간에 설 객주 자네를 찾아온 이유는 한 가지 부탁할 것이 있어서일세."

설무백은 웃는 낯으로 고개를 저었다.

"거절하고 싶네요."

경빈진인이 자못 눈살을 찌푸렸다.

"무슨 부탁인지 들어 보지도 않고 거절부터 하는 겐가?"

설무백은 어디까지나 미소를 지우지 않은 얼굴로 대답했다.

"천하의 진인 어른이 이런 야심한 시간에 찾아와서 하는 부탁이라면 어려운 부탁일 것이 뻔하니까요."

경빈진인이 주름진 입꼬리를 올리고 늘어진 눈가를 숙이는 것으로 자못 불쌍한 표정을 지으며 사정했다.

"그래도 좀 들어주라."

설무백은 픽 웃으며 말했다.

"일단 말씀해 보세요. 무슨 부탁이신지 들어 보고 나서 결정하도록 하지요."

경빈진인이 반색하고는 다짜고짜 지팡이로 사용하는 길쭉한 대나무의 구부러진 끝으로 뒤에 서 있는 무허의 목을 감고 당겨서 설무백 앞에 세우며 말했다.

"다른 게 아니라, 부디 이 녀석에게 한 수 가르침을 주라는 걸세."

경빈진인은 주름진 입가의 미소를 한결 더 짙게 드리우며 말을 덧붙였다.

"죽이지만 않으면 되네."

설무백은 예상치 못한 경빈진인의 부탁을 듣자마자 본의 아니게 인상을 썼다.

경빈진인의 부탁 때문이 아니었다.

경빈진인의 부탁은 정말 그가 예상치 못한 것이긴 하나 인상을 찌푸릴 정도까지는 아니었다.

싫으면 그냥 거절하고 물러서면 되는 부탁에 화를 낼 이유는 없었다.

다만 무허의 반응 때문에 그랬다.

설무백은 무허의 눈빛에서 분노를 읽을 수 있었다.

다른 누구도 아닌 그를 향한 분노의 빛이었다.

죽이지만 말라는 경빈진인의 말이 무허를 격동시킨 것이다.

싸우기도 전에 너는 절대 이길 수가 없다며 노골적으로 무시했으니 그럴 만도 했다.

'고약한 늙은이 같으니라고!'

설무백은 내심 작금의 상황을 유추하며 못내 경빈진인을 야멸차게 바라보았다.

구대문파만이 아니라 소위 내로라하는 명문 정파에서는 시시때때로 총망 받는 제자들의 수련이 어느 정도 경지에 이르면 별도의 임무를 주거나 나름의 구실을 붙여서 강호로 내보낸다.

강호행 또는 무림행으로 불리는 명문 정파들의 전통적인 행사가 바로 그것인데, 그들은 그때 제마멸사(制魔滅邪)라는 명목 아래 필요한 만큼 충분히 싸우며 실전 경험을 쌓는다.

설무백이 볼 때 지금의 상황은 그들, 명문 정파가 가진 그런 전통의 연장선이었다.

다른 사람이 볼 때는 천하의 화산제일검이 직접 나서서 상대를 정하며 비무를 주선하는 것이 매우 놀랍고 황당할 테지만, 설무백의 입장에서는 전혀 그렇지가 않았다.

설무백은 이미 무허가 차기 화산제일검이라는 사실을 알고 있기 때문이다.

자파의 미래를 책임질 역량을 가진 제자에게 특별한 지도를 하고 남다른 훈련을 시키는 것은 강호 무림의 모든 방파들의 기본인 것이다.

다만!

'왜 하필 나지?'

의문은 오래가지 않았다.

과거 난주에서 맺은 한 번의 인연으로 그의 무력을 파악하고 이런 생각까지 했다고 보기에는 너무 과했다.

누군가의 개입이 없다면 절대 이럴 수 없었다.

거기까지 생각하자 뇌리에 떠오르는 사람이 있었다.

그는 확인했다.

"희 총사입니까?"

각설하고 던진 질문임에도 경빈진인은 아무렇지도 않게 알아들으며 대답했다.

"그 아이가 그러더군. 추 대주와 그의 사부인 파사검 채앙을 해치운 것이 바로 설 객주 자네라고 말이야."

"그게 지금의 비무와 무슨 상관이 있는 거죠?"

"기실 추 대주가 무허의 다음 비무 상대였다네. 채앙을 사사한 그 아이의 파사십이검(破邪十二劍)은 변화와 파괴력이라는 측면에서 능히 강호일절을 다투는 검법이라 무허에게 매우 좋은 경험이라고 생각했거든."

"제가 그를 제압했으니 다음 상대로 저를 지목하신다는 겁니까?"

"그냥 제압했으면 몰라도 아예 죽여 버렸잖은가. 그러니 어쩔 수 없이 자네를 선택할 수밖에."

설무백은 알겠다는 듯 고개를 끄덕였다.

그러나 그게 진심으로 수긍하고 인정하는 마음이 들어서는 아니었다.

아무리 생각해도 그게 다라는 마음은 들지 않았다.

무언가 더 있었다.

과연 그걸 끝까지 캐물어야 하는지가 관건이었는데, 그는 이내 의혹을 접었다.

알아도 그만 몰라도 그만이라고 생각했다.

정확히는 알면 무언가 엮이게 될 것 같은 기분이 들었다.

식자우환(識字憂患)이라, 때론 아는 게 병이될 수 있는 것처럼 때론 모르는 게 약일 수도 있는 것이 세상의 이치였다.

무엇보다도 그 역시 무허의 무위를 보고 싶다는 마음을 가지고 있었다.

"알겠습니다. 그렇게까지 말씀하시니 달리 제가 거부할 명분이 없네요."

설무백은 애써 모든 내색을 삼간 채 경빈진인의 청을 수락하며 확인하듯 재우쳐 물었다.

"다만 실망하실 수도 있는데, 괜찮으시겠습니까?"

경빈진인이 되물었다.

"누구에게 말인가?"

"그야 물론……."

설무백은 슬며시 무허를 바라보았다.

"저 젊은 도사죠."

경빈진인이 호탕하게 웃으며 대답했다.

"하하하……! 여부가 있겠나. 죽이지만 않으면 된다는 노도의 말은 그냥 한 말이 아니라 참일세. 소위 안계(眼界)를 넓혀 주라는 소리인 게야."

설무백은 그제야 기꺼이 자리를 털고 일어났다.

"나가시죠. 여기서는 곤란하니 어디 근방에 적당한 장소가 있는지 찾아보도록 하지요."

다행히도 그리 멀지 않은 곳에 적당한 장소가 있었다.

북련의 후원을 통해서 이어진 대별산의 기슭이었다.

잠시 울창한 밀림이 펼쳐지다가 한순간 하늘이 활짝 열리며 반경이 얼추 십여 장이나 되는 공터가 나타났다.

경빈진인과 동행한 무당칠검의 수좌 적엽진인의 안내로 타인의 이목을 피해서 도착한 장소였다.

사전에 알아봐 둔 혹은 알고 있던 장소라는 뜻이었다.

경빈진인이 거기 도착하자마자 설무백을 따라온 공야무륵 등을 일별하며 물었다.

"짐은 왜……? 여기서 그냥 떠나겠다는 건가?"

공야무륵 등이 다들 봇짐을 싸 들고 따라왔던 것이다.

설무백은 웃는 낯으로 대수롭지 않게 대답했다.

"싸우고 승패가 결정되면 누구라도 떠나는 게 좋지 않겠습니까. 마침 저는 새벽을 도와 길을 나설 생각이었으니, 제가 떠나는 게 맞지 싶어서 말입니다."

"싸움이 아니라 비무일세."

"이름이야 어쨌든 앙금이 가시려면 시간이 필요할 겁니다. 부탁하신대로 적당히 하지 않을 생각이거든요, 그런데 제가 서먹서먹한 것은 아주 딱 질색이라서 말입니다."

경빈진인이 적잖게 계면쩍은 기색으로 웃었다.

"이거 노도가 완전히 자네를 내쫓는 셈이군그래. 미안하이."

"아닙니다. 어차피 떠날 사람이 떠나는 것이니 너무 괘념치 마십시오."

설무백은 대수롭지 않게 부인하고 공터의 중앙으로 나서며 무허를 바라보았다.

무허가 그와 시선이 마주치자 고개를 돌려서 경빈진인을 바라보았다.

경빈진인이 묵묵히 고개를 끄덕였다.

무허가 다부진 눈빛으로 마주 고개를 끄덕이고는 천천히 공터의 중앙으로 나서서 설무백과 대치하며 검을 들었다.

석자 다섯 치의 검이었고, 검신과 검병에 새겨진 매화 문양으로 인해 달리 매화검(梅花劍)이라고 불리는 화산문하의 독문 병기였다.

무허는 그 검을 검집 째 양손으로 잡고 검병(劍柄 : 검의 손잡이)의 머리를 냉정하게 빛나는 눈 위치까지 들어 올리며 먼저 인사를 건넸다.

"화산문하 무허가 한 수 가르침을 청하니, 부디 사양치 마시고 빈도의 안계를 넓혀 주시길 바라오."

설무백은 답례도 없이 자못 거만하게 대꾸했다.

"그러지."

무허의 눈썹이 꿈틀했다.

빈정거리는 것으로 보고 마음이 상해도 아주 단단히 상한 것 같았다.

경빈진인이 그런 무허의 태도를 보고 끌끌 혀를 차며 혼잣말로 중얼거렸다.

"벌써 졌군."

경빈진인의 착잡한 반응을 알 리 없는 무허가 나름 분노한 기색을 억누르며 다시 말했다.

"병기를 뽑으시오."

설무백은 픽 웃으며 대꾸했다.

역시나 거만하기 짝이 없는 모습이었다.

"온몸이 흉기라는 소리 들어 본 적 있지? 내가 그래. 그러니까 나보다 귀하니 신경 써. 자신의 감정을 속이지 않고 드러내는 것은 좋다고도 나쁘다고도 말할 수 없는 버릇이긴 하지만, 적을 마주하고도 그러면 어디 쓰나."

처음에는 같잖다는 듯이 바라보던 무허의 눈빛이 서서히 식어 갔다.

전에 없이 무지몽매(無知蒙昧)하게 군 자신의 실태를 깨달은 것 같았다.

설무백은 그걸 확인하며 빙그레 웃고는 새삼 보란 듯이 거만하게 손가락을 까닥였다.

"선수를 양보하지. 기회가 그리 많지 않을 테니 나중에 후회하지 말고 전력을 다하는 게 좋을 거다."

무허가 이번에는 일말의 격동도 없이 대답했다.

"사양하지 않겠소!"

동시에 그의 손에 들린 매화검이 좌로 흐르고 문득 위로 치솟았다가 다시 우로 흐르며 허공에 검광을 뿌렸다.

마치 검을 들고 한바탕 춤사위를 펼치는 것 같았다.

허공중에 분분히 휘날리는 꽃잎 사이로 불타오르는 것 같은 선홍빛 섬광이 오가는 환상적인 춤, 더 없이 화려한 검무(劍舞)였다.

그러나 설무백은 이게 단순한 검무가 아니라는 것을 대번에 알 수 있었다.

현란하게 나부끼는 꽃잎들은 말할 것도 없고, 그 사이를 뇌전처럼 가로지르는 섬광의 정체가 바로 생사의 간극을 파고들어서 여지없이 갈라놓을 수 있는 힘을 가진 무상의 검기라는 것을 정확히 파악하고 있었다.

'이러니 저러니 해도 화산제일검의 재목이라는 건가?'

설무백은 마음을 다잡고 전신의 내력을 끌어 올리며 신속하게 앞으로 나섰다.

무허와 그의 사이에 존재하던 공간이 삽시간에 사라졌다.

순간, 허공을 화려하게 수놓고 있던 꽃잎들과 어지럽게 흐르던 섬광들이 일제히 설무백을 향해 집중되었다.

마치 수백 개의 화살이 일제히 발사된 것 같은 상황이었다.

하지만 설무백은 그에 아랑곳하지 않고 무허를 향해 다가

서며 손을 뻗었다.

놀랍게도 아니, 거짓말 같게도 그와 무허의 사이에 존재하는 공간이 삽시간에 사라져 버렸다.

언제 어느 순간에 뽑아 들었는지 모르게 환상처럼 그의 손에 들린 거무튀튀한 양날창이, 바로 흑린의 한쪽 서슬이 눈깜짝할 사이에 눈발처럼 쏟아지는 꽃잎들과 눈부신 섬광 사이를 뚫고 무허를 찌르고 있었다.

"익!"

무허는 분명 자신을 노리고 찔러드는 흑린의 서슬을 똑똑히 볼 수 있었다.

엄청난 무게가 느껴지는 기세였으나, 빠르게 느껴지지는 않았다.

그는 본능적으로 화산신법 중 변화가 심하면서도 속도가 빠른 암향표(暗香飄)를 시전하며 전신의 공력을 길게 찌르고 있는 수중의 매화검에 집중했다.

지금 그는 그야말로 사력을 다하고 있었다.

화산문하라면 누구라도 익힐 수 있는 화산검법의 기본이지만, 여태껏 그 어던 화산문하도 깨우치지 못한 이십사수매화검법(二十四手梅花劍法)의 정수가 일개 흑도 나부랭이에게 막힌다면 그는 살아도 산목숨이 아닐 것이기 때문이다.

그렇지만 소용없었다.

푹—!

섬뜩한 소음과 함께 그의 어깨에서 느껴진 극렬한 아픔이 단숨에 뇌리를 장악했다.

무허의 매화검에서 분출된 검기가 미처 설무백의 몸에 닿기도 전에 설무백의 손에서 뻗어진 흑린의 한쪽 서슬이 먼저 도착해서 그의 어깨 아래 견정혈를 깊숙이 파고든 것이다.

"크……!"

무허는 절로 신음을 삼키며 두 눈을 부릅떴다.

분명 빠르지 않았다.

그래서 얼마든지 막거나 피할 수 있다고 판단했으나, 그러지 않는 것은 순전히 자신의 공격이 먼저 설무백에게 닿을 것임을 확신했기 때문이다.

그런데 황당하게도 그가 먼저 당해 버린 것이다.

"나는 믿을 수 없다!"

무허는 발작적으로 소리치며 수중의 매화검을 휘둘러서 자신의 어깨를 찌른 흑린을 후려쳤다.

흑린을 보통의 창으로 보고 창대를 잘라 버리려는 듯 보였는데 흑린이 통째로 하나인 만년묵철로 재련된 기문병기라는 사실을 모르고 하는 짓이었다.

다만 설무백은 그냥 내버려두어도 되는 흑린을 재빨리 잡아 뽑으며 기민하게 물러났다.

그냥 두면 무허의 어깨가 박살 나 버릴 것을 우려한 배려였다.

무허는 그것을 알지 못했다.

그저 격분한 나머지 전후 사정을 전혀 인식하지 못한 무허는 헛손질에 더욱 격분하며 설무백을 향해 달려들었다.

"어디 한번 다시 막아 봐라!"

매화검을 움켜쥔 무허의 손이 다시금 기묘한 각도로 춤을 추며 수십 아니, 수백의 꽃잎을 만들어 내기 시작했다.

그림처럼 허공에 흩뿌려졌다가 오직 한 사람, 설무백을 향해 쏘아지는, 아니, 쏘아지려는 꽃잎들이었다.

그 꽃잎 하나하나가 서릿발처럼 예리한 검기임은 두말할 나위도 없었다.

그러나 무허의 매화검이 만들어 낸 수백의 꽃잎은 밤하늘의 별빛처럼 찬란하게 허공에 흩뿌려짐과 동시에 속절없이 시들어서 사라져 버렸다.

어느 틈엔가 날아온 흑린의 서슬이 자신의 미간을 겨누는 바람에 무허가 이십사수매화검법의 초식에 따라 운행하던 진기를 더 이상 이어 나가지 못한 것이다.

단순히 목숨의 위협을 느껴서가 아니었다.

목숨을 위협받는 것보다 더한 충격을 받았기 때문이다.

지금 무허의 미간을 겨누고 있는 흑린의 설무백의 손에 들려 있지 않았다.

마치 살아 있는 생물처럼 저 혼자 두둥실 떠서 무허의 미간을 겨누고 있었다.

"이, 이기어술!"

그렇다.

무인이라면 꿈에도 그리는 경지인 전설의 이기어술이었다.

무허는 넋이 나간 사람처럼 멍하니 서서 흑린의 서슬 너머 저만치 뒤에 서 있는 설무백의 시선을 마주했다.

그리고 털썩 무릎을 꿇었다.

"졌소!"

변화의 전조前兆 (4)

"벌써 초식에 구애받지 않는 경지에 올랐다는 건가?"

설무백이 느린 듯 느리지 않은 속도로 움직이며 수중의 흑린을 뻗어내서 매화검이 허공에 가득하도록 펼쳐 놓은 검화(劍花)를 뚫고 들어가 무허의 어깨를 찌를 때, 경빈진인의 입에서 절로 터진 탄성이었다.

경빈진인의 곁에 서서 장내의 비무를 지켜보던 적엽진인이 그 순간에 움찔하며 나서려 했다.

화산파에 대한 자긍심이 혹은 아직 어리다고 생각하는 사제(師弟)에 대한 정이 지나쳐서 평정심을 잃은 것 같았다.

경빈진인이 준엄한 목소리로 그런 적엽진인을 꾸짖었다.

"졌다. 설마 모른다고 외면할 참이냐?"

적엽진인이 지그시 입술을 깨물며 고개를 숙였다.

이제야 무허의 패배를 수긍하는 것이다.

수긍할 수밖에 없었다.

적엽진인도 이미 알고 있었다.

설무백은 무허보다 늦게 움직였으나, 무허보다 빨리 초식을 구현했다.

또한 설무백의 손에 들린 묵빛 장창은 고수의 수법이라고는 믿기 어려울 정도로 거칠고 투박하게 움직였으나, 무허의 매화검이 펼쳐 낸 이십사수매화검법이 현란한 신기를 무력화시키며 압도하는 힘이 담겨져 있었다.

화산문하로서 아쉽다 못해 통탄스러울 일이지만, 화산칠검의 수좌인 그는 그 정도 변화는 능히 판별할 수 있는 눈을 가진 검도 고수였다.

무허의 명백한 배패인 것이다.

무허가 승복하지 않고 나선 것이 그 순간이었다.

동시에 그는, 아니, 그들, 적엽진인과 경빈진인은 꿈에 그리던 환상을 보았다.

무허가 검을 휘두르는 것과 동시에 마치 누가 뒤에서 당기는 것처럼 스르르 물러난 설무백이 손을 들었고, 그 순간 그 손에 들린 묵빛 장창이 흐릿해지며 순간적으로 사라졌다가 쇄도하려는 무허의 미간을 겨눈 상태로 두둥실 떠 있었다.

묵빛 장창은 사라진 것이 아니었다.

그처럼 빠르게 날아가서 무허의 미간을 겨눈 것이었다.

"이, 이건……?"

적엽진인은 선명하게 뇌리에 떠오르는 것이 있음에도 감히 말하지 못했다.

경빈진인이 그것을 입 밖으로 냈다.

"이기어술!"

그랬다.

창으로 펼친 이기어술이니 어창술이었다.

금의 화산파에서 그 어떤 제자도 완성하지 못했으며, 화산 제일검으로 알려진 그의 사부 경빈진인조차 고작 입문 단계에 불과하다가 밝혔던 절대무공이 지금 그의 눈앞에서 펼쳐진 것이다.

"사부님……!"

"수선 떨 것 없다."

경빈진인이 담담하게 적엽진인의 말문을 막았다.

적엽진인은 그래도 참지 못하고 입을 열다가 파르르 떨리고 있는 경빈진인의 소매와 불끈 움켜쥔 주먹을 보고는 애써 그만두었다.

그게 그와 같은 마음에서인지 아니면 그저 무인의 호승심이 불타서인지는 몰라도, 경빈진인은 지독하리만치 지고지순한 인내를 발휘해서 감정을 억누르고 있었던 것이다.

문득 그런 경빈빈진인이 회한에 젖은 듯한 눈빛을 드러내며 나직이 중얼거렸다.

"과거 석정(石情)이 내게 그랬지. 작금의 구대문파는 대오각
성하지 않는 한 전통의 명문이라는 이름 아래 매몰될 것이라
고. 그때는 그냥 웃어넘겼는데, 이제야 그 짐작하겠다. 우리는
그저 제자리만 지키려 했을 뿐, 앞으로 나아갈 생각을 전혀 하
지 않았던 게야."

석정은 극소수의 사람만이 알고 있는 천하제일의 고수 무
왕의 이름이었다.

적엽진인은 물론 그 이름을 알고 있었기에 감히 다른 생각
을 못하고 그저 경빈진인의 말을 듣고만 있었다.

그때 장승처럼 그대로 움직이지도 않고 서 있던 무허가 털
썩 무릎을 꿇으며 패배를 인정했다.

설무백이 가타부타 말없이 손을 내밀었다.

순간, 홀로 두둥실 떠서 무허의 미간을 겨누고 있던 묵빛 장
창이 말 잘 듣는 새처럼 그의 손으로 돌아가서 이내 요술처럼
사라졌다.

방금 전에 벌어졌던 모든 상황이 한순간의 백일몽처럼 느
껴지고 있었다.

적엽진인이 새삼 놀라서 절로 눈을 끔뻑이는데, 경빈진인이
장내로 나섰다.

"가자. 승리한 자보다 패배한 자가 더 얻는 것이 많은 비무
였다. 패배의 아픔 따위와는 비교조차 할 수 없이 훌륭한 깨달

음을 주었으니, 마땅히 감사를 표해야 하지 않겠느냐."

적엽진인은 감히 부정하지 못하며 묵묵히 경빈진인의 뒤를 따라갔다.

설무백이 다가서는 경빈진인을 향해 정중히 공수했다.

"서로를 위해 길게 끌 필요가 없는 싸움이라고 생각해서 조금 무리를 했습니다. 너그럽게 이해해 주십시오."

"잘했네. 확실히 그렇다고 보네."

경빈진인이 웃는 낯으로 설무백의 말을 인정하고는 덧붙여 인사했다.

"하물며 손 속에 사정을 둔 점 고맙게 생각하네."

설무백은 그저 미온하게 웃는 것으로 경빈진인의 말을 받아넘기며 슬쩍 손을 뻗어 바닥에 무릎 꿇은 무허를 가리켰다.

소리도 없고, 보이지도 않는 무형의 기운이 그의 손으로부터 뻗어 나가서 무허를 일으켜 세웠다.

무허가 당황하고, 경빈진인과 적엽진인이 그것을 느끼며 예사롭지 않은 눈초리로 설무백을 쳐다보았다.

설무백은 무허가 아닌 경빈진인 등을 향해 특유의 미온한 미소를 지어 보이며 말했다.

"진정한 흑도는 서서 죽는다는 말이 있습니다. 흑도는 아닐지라도 같은 무림에 사는 무인인데 다르지 않을 겁니다. 앞으로는 쉽게 무릎 꿇지 말라고 하세요."

경빈진인이 미소를 지으며 수긍했다.

"앞으로 잘 교육시키도록 하지."

설무백은 그제야 새삼 공수하며 깊이 고개를 숙였다.

"그럼 저는 이만 가 보겠습니다. 원체 어색한 자리를 싫어해서요. 인연이 닿으면 다시 뵙도록 하겠습니다."

적엽진인이 움찔했다.

말리려다가 경빈진인이 슬쩍 손을 내밀어서 막는 바람에 그만둔 것이다.

경빈진인이 말했다.

"알겠네. 그럼 또 보세."

설무백은 거듭 고개를 숙이며 웃는 낯으로 돌아섰다.

공야무륵과 위지건 등이 더 없이 정중한 포권의 예를 취하고 그 뒤를 따라서 자리를 떠났다.

적엽진인이 어둠 속으로 사라지는 설무백 등의 뒷모습을 주시하며 말했다.

"무공의 내력에 대해서 묻고 싶었습니다. 그가 사용하는 창은 양(梁) 노사의 흑린이 분명해 보였습니다만, 그의 무공은 양 노사의 그것과 많이 달랐습니다. 희 총사의 말이 거짓이라고는 생각되지 않으나, 그녀 역시 속았을 수도 있다는 생각이 들어서……."

"어리석은 소리 말거라!"

경빈진인이 대뜸 말을 끊으며 추상같이 질타했다.

"신창의 절기인 십자경혼창에 담긴 신기를 네가 어찌 다 안다고 할 수 있을 것이냐!"

적엽진인이 조개처럼 입을 다물며 고개를 숙였다.

경빈진인이 그 모습을 보며 끌끌 혀를 차더니, 한결 부드럽게 훈계했다.

"무엇을 우려하는지는 알겠으나, 아니다. 사마외도에 빠진 기운도 보이지 않았고, 사악한 진기의 흐름도 느껴지지 않았다. 하물며 저 아이는 전력을 다하지 않았다. 전력을 다한 저 아이의 능력은 노도로서도 감히 추측할 수가 없다."

"서, 설마 어찌 그런……!"

"설마가 아니다. 오늘 비무는 무허에 앞서 노도가 개안(開眼)하는 홍복을 누리는구나. 빈도는 이제야 희 총사의 말이 전적으로 옳았음을 알겠다. 저 아이는, 아니, 이제 정말 예의를 갖추어야지."

경빈진인은 새삼스럽게 목소리를 가다듬으며 말을 이었다.

"저 사람, 설 객주는 외조부인 신창을 넘어서서 대공을 성취하고, 전대미문(前代未聞)의 신기원을 이룩했다고 해도 전혀 이상할 것이 없는 무재니라. 더는 관여치 말도록 하자."

적엽진인이 경의에 찬 경빈빈인의 태도를 거듭 확인하고 나서야 힘없이 수긍했다.

"알겠습니다, 사부님."

경빈진인이 시선이 고개 숙인 무허에게 돌려졌다.

"너 또한 그리 알고, 자숙은 하되 소침해지지 말고 더욱 정진에 힘쓰도록 해라. 노도 역시 그리할 것이니……."

무허가 뭐라고 대답할 틈도 없이 적엽진인이 나서며 경빈진인의 말꼬리를 잡았다.

"하시면……?"

경빈진인이 더 듣지 않고 돌아섰다.

"노도는 이만 산으로 돌아가야겠다. 그간 눈에 보이지 않던 무언가가 보이는 듯하니 폐관에 들리라."

발걸음을 재촉하려던 그는 문득 고개를 돌려서 무허를 바라보며 물었다.

"해를 넘길 작정인데, 같이 가겠느냐?"

◈

"나설 것 같더니만 안 나서네. 재미없게."

북련의 총단과 비스듬히 거리를 벌리며 멀어지는 산기슭의 소로였다.

요미가 왠지 뚱한 얼굴로 투덜거리고 있었다.

설무백은 경빈진인을 두고 하는 말임으로 익히 잘 알고 있었기에 못내 피식 웃었다.

"그래서 그렇게 고슴도치처럼 바짝 긴장하고 있었던 거냐?"

요미가 울컥하며 대꾸했다.

"분명히 나설 것 같았다니까!"

설무백은 자못 사나운 눈총을 주며 그녀의 머리를 한 대 쥐어박았다.

"까불지 마 이것아! 아직 너는 그분의 상대가 아니야! 그리고 미리 말해 두는데, 너 앞으로 또 다시 한 번이라도 내 허락 없이 나서면 아주 국물도 없을 줄 알아!"

요미가 찔끔하면서도 못내 구시렁거리려는 참인데, 암중의 혈영이 냉정한 목소리로 끼어들었다.

"그보다 우선 비각의 요원인 주제에 저리 버젓이 모습을 드러내놓고 다니는 저 녀석의 버릇부터 고쳐 주십시오, 주군."

"그럴까 그럼?"

설무백이 나서기 무섭게 요미가 허를 찔린 것처럼 새삼 찔끔하면서도 애써 웃는 낯으로 넉살을 부렸다.

"어허, 어째 다 큰 어른들이 좀스럽게 왜들 이러실까? 통 크게 살아요, 통 크게. 그리고 제가 더 잘하면 되잖아요. 숨는 거야 내 특기니까 신경 쓰지 마세요. 필요하면 언제든지 숨을 테니까요."

그러고는 은연중에 손을 뻗어서 공야무륵의 옆구리를 찔렀다.

대체 사전에 어떤 수완을 부렸는지는 모르겠으나, 아무 생각 없이 설무백의 곁을 따르던 공야무륵이 화들짝 놀라는 것으로 정신을 차리더니, 애써 그녀를 도왔다.

"아, 그게, 그러니까, 저쪽도 셋이니 이쪽도 셋이 낫지 않을

까요? 구색이 맞잖아요."

요미가 재빨리 뒤따라 나서며 공야무륵의 말에 동의했다.

"공야 아저씨의 말이 전적으로 옳아요. 세상에 구색은 맞추고 살아야죠."

설무백은 하도 같잖은 핑계라서 차라리 그냥 웃어 버리고 말았다. 그러다 전방으로 다가선 인기척을 느끼며 절로 안색을 바꾸었다.

순간, 요미가 다른 누구보다도 먼저 상황을 파악하며 기민하게 자세를 낮추었다.

지극히 과장된 동작이었다.

누가 봐도 내가 이 정도라고 잘난 척하려는 행동인 것이다.

곧바로 이어진 경호성 역시도 그랬다.

"웬 년이냐?"

"웬 년……이냐?"

수풀이 우거진 산비탈의 내리막길인 전면에서 황당하다는 여인의 반응이 돌아왔다.

당연한 반응이었다.

요미는 이미 갑작스럽게 전면에 나타난 인기척의 주인공이 여자임을 알아보고 나선 것이다.

그런데 정말로 상대가 여자인 것만 알아본 것이었을까?

이윽고 전방의 어둠 속을 벗어나서 달빛 아래 모습을 드러낸 여자, 희여산도 그와 같은 의심을 품은 것 같았다.

그녀는 자못 매서운 눈초리로 요미를 노려보며 물었다.

"야, 이 맹랑한 꼬맹이야. 너, 난 줄 알았지?"

요미가 시치미를 뗐다.

"몰랐는데?"

"안 것 같은데?"

"정말 몰랐어. 그리고 나 꼬맹이 아닌데?"

"아무리 봐도 꼬맹이인데?"

"아줌마 벌써 노안이야? 꼬맹이 아니라니까!"

"뭐? 아줌마……?"

말을 주고받으며 점점 더 가까워진 요미와 희여산이 급기야 이마를 맞대기 직전이었다.

짝―!

설무백은 손뼉을 쳐서 주위를 환기시키며 냉정한 모습으로 나섰다.

"무슨 일이오?"

희여산이 못내 아쉽다는 듯이 한차례 매섭게 요미를 쏘아보고 나서야 설무백에게 시선을 주었다.

"일은 무슨 일이겠어요. 명색이 은인인데 작별인사도 제대로 안 하고 떠나보내면 세간의 욕을 바가지로 먹을까 봐 이렇게 나선 거죠."

요미가 설무백의 대답을 가로챘다.

"그게 아닌 것 같은데?"

설무백은 짐짓 눈살을 찌푸리며 요미를 쳐다봤다.

요미가 그제야 알았다는 듯 두 손을 쳐들며 물러났다.

희여산이 마뜩찮은 눈초리로 그런 요미를 쏘아보며 설무백에게 말했다.

"충고하는데, 조심해요. 저런 되바라진 꼬맹이를 데리고 다니다간 언제고 큰 코 다칠 날이 있을 거예요."

설무백은 무심하게 그녀의 말을 받아넘겼다.

"그건 내가 알아서 할 일이지 그대가 걱정할 일이 아니오. 하물며 누구를 위한 충고인지도 모르겠고 말이오."

희여산의 두 눈에서 불똥이 튀었다.

설무백의 말 때문이 아니었다.

설무백의 뒤에서 두 손으로 자신의 입을 옆으로 길게 찢으며 혓바닥을 날름거리며 놀리는 요미 때문이었다.

설무백은 무언가 이상함을 느끼며 뒤를 돌아보았으나, 그때는 이미 늦었다.

요미가 재빨리 희여산을 놀리던 그 짓을 그만두며 시치미를 뗐다.

"왜요?"

설무백은 분명 요미가 무언가 요상한 짓으로 희여산을 놀렸다는 심증이 들어서 내심 고소를 금치 못했으나, 어린애 장난을 탓하고 싶지 않아서 그냥 무시해 버렸다.

평정을 되찾은 희여산이 그런 그를 밉살스럽다는 듯이 쳐다보며 손을 내저었다.

"당신 말이 맞아요. 남의 손에 인질로 잡힌 계집애 주제에 충고는 어울리지 않죠."

"너무 그리 비약할 것까지야……."

"비약은요. 사실이 그런 걸요. 아무튼, 도와줘서 고마워요. 작별인사는 이 정도로 끝내도록 하지요. 말도 없이 돌아가는 사람을 쫓아와서 인사를 했으니, 나름 할 도리는 다 했다고 봐요. 그럼 어디를 가든 살펴 가세요."

희여산은 토라진 아이처럼 찬바람을 휘날리며 돌아섰다.

설무백은 그런 그녀의 뒤에다가 대고 무심하게 공수하며 말했다.

"어쨌든 나도 고맙소. 북련에 소속된 흑도의 고수들이 내게 무관심한 것이 그대의 배려임을 알고 있소. 그 점 고맙게 생각하오."

북련 예하의 흑도문파는 결코 정도 문파의 숫자에 뒤지지 않는다. 그런데도 그들, 흑도는 그 누구도 설무백에게 관심을 보이지 않았다.

이건 그들, 흑도가 정말로 관심이 없어서가 아니라 희여산이 나서서 그들을 자중시켰기 때문임을 설무백은 익히 짐작하고 있었다.

자세한 내막은 몰라도, 희여산은 북련에 소속된 흑도들에게 두터운 신임을 받고 있는 것이다.

"……."

설무백의 말을 들은 희여산이 잠시 멈칫했다.

마치 무언가 망설이는 듯한 태도인데, 그것도 잠시, 그녀는 다시금 찬바람을 휘날리며 발걸음을 옮겨서 자리를 떠났다.

설무백은 냉기를 풀풀 날리며 사라지는 그녀의 뒷모습을 보며 무언가 더 있다는 기분이 들어서 적잖게 궁금하기도 했으나, 그리 심각하게 생각하지는 않았다.

그가 아는 희여산의 성격상 해 줘야 할 얘기였다면 이유 여하를 막론하고 해 주었을 터였다.

역으로 말해서 해 주지 않아도 되는 얘기였기에 해 주지 않았다는 것이다.

그런데 나중에 돌이켜보니 그녀에겐 그렇듯 대수롭지 않은 얘기일지라도 그에겐 매우 중대한 일일 수도 있다는 생각이 들었다.

그리고 실제로 그랬던 것 같았다.

설무백은 그녀의 일로 인해 뒤로 미루었던 모용세가의 일을 보기 위해서 장강을 건너고 나서야 그것을 깨달았다.

그럴 만한 소문을 들었기 때문이다.

남경 응천부의 황실에서 천사교의 도사들이 주도하는 제(祭)를 올린다는 소문이었다.

대별산을 벗어난 설무백 등은 곧장 남하, 하남성의 성 경계를 넘어서 호북성을 가로질러서 성도인 무한까지 내려왔다.

거기서 그들은 인근의 작은 어촌에서 관리하는 이름 모를 나루터를 통해 장강을 건넜고, 관도를 타고 반나절을 이동해서 현(縣)급의 작은 도시인 통산부(通山府)로 들어섰다.

통산부는 호북성의 남동부 끝자락에 속하며 강서성의 성 경계를 마주하고 있어서 줄곧 노숙을 한 그들이 잠시 쉬어 가기에 가장 적당한 장소였다.

마침 통산부의 남쪽 지역에는 평소 성 경계를 넘으려는 사람들이 적지 않은지 다수의 객잔이 자리해 있었다.

설무백 등은 그중 하나인 청몽(淸夢)이라는 이름의 객잔에 투숙했다.

거리로 나가려면 객잔의 일 층인 객청을 거쳐서 나가야 하는 후원의 객방이었다.

때가 저녁이 한참 지난 해시(亥時 : 오후 9~11시)무렵이라 그들은 우선 대충 씻고 객청으로 나와서 식사를 하는 중이었다.

문득 설무백 등은 예기치 않은 소문을 듣게 되었다.

넓은 객청에는 탁자와 의자들이 즐비하고, 적잖은 사내들이 여기저기 삼삼오오 흩어져서 떠들썩하게 식사를 하거나 혹은 술을 마시고 있었다.

그런 사내들 중 구석에 자리한 설무백 등과 비교적 가까운 탁자를 차지하고 앉아서 웃고 떠들던 사내 무리에서 불쑥 흘러나온 이야기였다.

"그나저나, 황실에서 조만간 천사교의 방술사(傍術師)가 주재

하는 재초(齋醮)를 올린다는 소문이 있던데, 그거 정말이야?"

남북대전이라는 말이 무색할 정도로 오랫동안 완연한 소강 상태인 남북대전의 여파로 인해 일부 지역을 제외한 거의 모든 중원의 유흥가는 이미 과거로 회귀해 버린 상태였고, 설무백 등이 거처로 정한 청몽객잔도 그랬다.

객청 한쪽에는 악사들이 비파와 통소를 연주하고, 탁자 사이로는 점소이들이 분주히 오가며 음식을 나르거나 주문을 받고 있어서 매우 시끄럽고 혼잡했다.

그러나 설무백은, 아니, 비단 그만이 아니라 그를 포함한 공야무륵 등 일행 모두가 거의 동시에 동작을 멈추었다.

새벽장터처럼 어수선한 와중에도 천사교라는 한마디에 일제히 반응한 것이다.

사내들의 대화가 이어졌다.

"이 사람 참 귀가 어둡네. 그게 벌써 언제 얘기인데 이제야 설레발이야."

"몰라서 그래? 내가 잃어버린 물표(物標 : 표국에 물건을 보관하고 대신 받아 두는 신표) 때문에 한동안 정신없었잖아."

"아, 그랬지 참."

"그러니까 괜한 소리 말고 아는 얘기 좀 풀어놔 봐. 오며가며 만나는 사람들마다 그 얘기로 떠들썩한데 나만 잘 모르니 답답해서 그래."

"나도 자세한 건 모르는데, 사흘 전인가 나흘 전인가 그랬을 거야. 황실에서 천사교의 방술사들을 불러서 재초를 올린다는 소문이 돌았고, 사실로 확인되었어. 이제 곧 시작될 거라는데, 하루 두 번씩 이틀에 걸쳐 지낸다지 아마?"

"여태 황실의 모든 재초는 도교남종(道敎南宗) 정일교(正一敎)의 일맥이라는 자금산(紫金山)의 명성관(明星館)이 전담했잖아. 천사교가 대체 어떤 종파이기에 황제폐하가 그걸 그들에게 넘겼다는 거야?"

"몰라. 천사교라는 이름은 나도 그때 처음 들었다."

"그래……?"

"듣자하니 천민들 사이에서 돌던 교단이라 쉬쉬하다가 근자에 확 일어났다네. 다만 거기 방술사들을 황실로 불러들인 건 황제폐하가 아니라 대각마황후(大脚馬皇后)와 전 황태자비(皇太子妃)인 상(常) 씨라고 하더라."

"아니, 이 사람이 큰일 날 소리를……!"

두 사내의 대화를 조용히 듣고 있던 다른 사내가 불쑥 나서서 나직이 질타했다.

"대각마황후가 뭐야! 마황후(馬皇后)라고 해야지! 누가 들으면 어쩌려고 그래!"

대각마황후라는 호칭은 세인들이 남몰래 쉬쉬하며 당금 황후 마(馬) 씨가 전족(纏足 : 어린 여자아이의 발을 천으로 꽁꽁 동여매서 일정 크기 이상으로 자라지 못하게 하는 고대중국의 명문들이 고집하던 풍습)을 하지 않아서 발이 크다는 것을 비꼬는 말이었다.

감히 누구도 함부로 뱉어 낼 말이 아닌 것이다.

"뭐 어때, 지금 누가 우리 얘길 듣는다고. 아무튼, 나도 그게 궁금해서 알음알음 알아보니 정말 대단하더군."

"뭐가 그리 대단하다는 거야?"

"재초를 주관하는 도사는 천사교주를 측근에서 모시는 열두 명의 방술사인 십이신왕(十二神王)의 셋이고, 재의(齋儀)에 필요한 나머지 열두 명의 도사들도 전부 다 축귀(逐鬼 : 귀신을 쫓는 술법)가 가능한 도력(道力)의 소유자라네."

"천사교도 이번 기회를 잡으려고 용을 쓰는 모양이군. 하긴, 황실의 재초를 주관한다는 것은 그야말로 나라에서 인정하는 교단이 되었다는 거니, 아니 그럴 수 없겠지."

"소문을 들으니 천사교의 방술사들은 오직 경문(經文)을 암송하는 것만으로도 방술(傍術 : 변신술 등의 술법)과 축귀가 가능하다고 하던데, 사실일까?"

"소문은 그리 났지만, 모르지. 세상에 뜬구름 잡는 소리를 지껄이는 사기꾼들이 얼마나 많은데 그걸 믿을 수 있겠어?"

"하긴, 그렇지."

"나는 이번 황실의 재초를 낮도깨비처럼 불쑥 나타난 천사교가 주관한다는 것보다 이번 재초를 위해서 마황후와 전 황태자비 상 씨가 손잡고 나섰다는 게 더 놀랍다. 이거 혹시……?"

불쑥 의문을 제시하고 나선 사내가 이번에야 말로 다른 누가 들을까 봐 겁난다는 표정으로 말꼬리를 흐리며 주변을 둘러보았다.

그러나 설무백은 사내의 뒷말을 더 듣지 않아도 그게 어떤 의미인지 능히 알 수 있었다.

전 황태자비 상 씨는 얼마 전 황태손의 자리에서 다음 대 황위를 계승할 황태자로 책봉된 주윤문의 생모가 아니었다.

그녀는 귀천한 의문태자 주표 사이에서 장남인 우왕(虞王) 주웅영을 비롯해 삼남인 오왕(吳王) 주윤통, 사남인 형왕(衡王) 주윤견, 오남인 서왕(徐王) 주윤희 등 사형제를 두었으나, 황태자의 자리는 결국 그들의 배다른 형제이자, 그녀의 연적(戀敵)이던 전 황태자비 여(呂) 씨의 아들인 주윤문이 차지했기 때문이다.

그런데 이번 황실의 재초를 거행함에 있어 마황후가 황태자 주윤문의 생모 여 씨가 아닌 그녀, 상 씨와 손을 잡고 나섰다는 것은 참으로 의미심장했다.

이건 누구라도 마황후가 황태자 주윤문의 생모인 여 씨를 배척한다거나, 적어도 그녀들이 서로 반목하고 있다는 방증으로 볼 수 있는 것이다.

황실의 입장에서 볼 때, 이게 사실이라면 정말 큰 문제였다.

마황후는 당금 황제가 나라를 세우기 위해서 남북 정벌 전을 수행하는 동안 온갖 어려움을 함께했고, 수시로 군무에 참여했으며, 틈날 때마다 부녀자들을 모아서 군복을 제작하고 부상병을 돌보는 등 적지 않은 공로를 세웠다.

그뿐 아니라, 건국 이전부터 그처럼 훌륭한 모범을 보인 그녀가 건국 후에 보여 준 모습은 더욱 놀라웠다.

매사에 솔선수범 검소하게 생활하였으며, 어려운 백성을 돌보기를 하루도 거르지 않아서 도움을 받은 백성들은 물론, 자칫 연적으로 대할 수 있는 후궁들조차 그녀를 존경하고 따를 정도로 황제는 늘 그녀에게 고맙고 감사하다는 마음을 밝힐 정도였다.

그와 같은 현모양처요, 천하의 국모가 남편이자 황제의 뜻을 거스른다?

상상하기 어려운 일이었다.

'그런데 그 알력 다툼 사이에 느닷없이 천사교가 끼어들었단 말이지?'

숨어 있던 자들이 갑자기 모습을 드러냈다.

그런데 그게 소위 그런 자들이 흔하게 치루는 개파대전(開派大典)을 연 것도 아니고 뜬금없이, 그리고 느닷없이 황실의 행사에 나섰다.

설무백은 당최 이걸 어떻게 해석하는 것이 좋을지 몰라서 잠시 침묵했다.

공야무륵이 그런 그의 태도를 오해한 듯 나직이 물었다.

"데려올까요?"

"응? 누구를⋯⋯?"

"누구긴요, 저 녀석이죠."

공야무륵의 시선이 탁자 하나를 사이에 두고 떨어진 자리에 앉아 있는 사내들 중 하나를 가리켰다.

황실과 천사교에 관한 얘기를 설명해 주던 바로 그 사내였다.

"왜?"

"듣고 싶은 얘기가 더 있는 것으로 보여서요."

설무백은 웃었다.

"내가 그렇고 싶으면 무조건 그래도 되는 거야?"

약간의 질타가 섞인 말이었으나, 공야무륵은 무슨 그런 생각을 다 하냐는 듯 미간을 찌푸리며 대꾸했다.

"주군께서는 가끔 우리가 흑도라는 것을 잊으시는 것 같습니다. 우리는 흑도이고, 필요한 것이 있으면 당당하게 요구하고 가지는 것이 흑도의 권리입니다."

설무백은 문득 궁금해져서 물었다.

"당당하게 어떻게?"

공야무륵이 대답 대신 자리를 털고 일어나서 뚜벅뚜벅 사내들의 탁자로 갔다.

그리고 어리둥절해서 쳐다보는 사내들의 시선을 무시한 채 황실과 천사교의 얘기를 주도하던 사내의 목을 잡고 귓가에다가 무슨 말인가 나직이 속삭였다.

무슨 얘기를 어떻게 했는지는 모르겠으나, 공야무륵은 그다음에 그대로 돌아섰고, 오만상을 찡그리던 사내는 발딱 일어나서 그 뒤를 따라왔다.

공야무륵이 돌아와 앉으며 설무백을 향해 천연덕스럽게 누런 이를 드러내고 웃었다.

"이렇게요."

설무백은 절로 실소하며 탁자 곁에 서서 눈치를 보고 있는 사내에게 물었다.

"쟤가 뭐라고 그래?"

사내가 선뜻 대답하지 못하며 공야무륵의 눈치를 보았다.

설무백은 짐짓 눈을 부라리며 다그쳤다.

"쟤가 나보다 높은 거 같아?"

사내가 유치한 그의 겁박에 넘어가서 재빨리 대답했다.

"지금 당장 일어나서 조용히 따라오지 않으면 저와 저의 동료들의 오른쪽 다리 허벅지 살을 발라 주겠다고…….."

공야무륵이 히죽 웃는 낯으로 사내의 말꼬리를 잡으며 부연하듯 말했다.

"모름지기 협박을 하려면 매주 정확하게 어디를 어떻게 해 주겠다고 딱 짚어 주는 것이 좋습니다. 그냥 막무가내로 죽인다는 것보다 그게 더 확실하게 겁을 주거든요. 흐흐흐……!"

설무백은 어련하겠냐는 듯 심상한 표정으로 한숨을 내쉬며 사내에게 눈짓을 해서 옆자리에 앉도록 했다.

이제 와서 뻔뻔스러울 정도로 당당하게 흑도의 권리를 주장하는 공야무륵을 타박하는 것도 우습고, 본의 아니게 끌려온 자를 그대로 돌려보내는 것도 못할 짓이었다.

"낭인인가?"

"아, 아닙니다. 인근에 있는 지화표국(地華鏢局)의 쟁자수(爭子手)입니다."

표국의 쟁자수라면 어느 정도 믿을 만했다.

적어도 마냥 설레발만 늘어놓는 허풍선이는 아닐 터였다.

다른 누구보다 빨리 세간의 소문을 접할 수 있는 곳이 바로 표국인 것이다.

"딱 두 가지만 물을 테니, 아는 대로만 대답해 주면 아무 일도 없을 거야."

"옙, 알겠습니다!"

"쉿! 작은 소리로."

"아, 예."

"좋아. 우선 하나. 천사교가 황실의 재초를 주관한다는 소문이 정확히 언제부터 시중에 나돈 거야?"

"제가 알기론 사흘 전쯤입니다."

설무백은 사내의 대답을 듣기 무섭게 속이 쓰렸다.

나흘 전에 알려지기 시작한 소문이라면 시간상으로 희여산이 작별 인사를 빌미로 그의 뒤를 따라왔을 때 해 주려던 말일 가능성이 매주 지대했기 때문이다.

"좋아, 그럼 나머지 하나. 조만간 재초를 올린다고 했는데, 혹시 그 조만간이 언제인지 정확히 알고 있나?"

사내가 기억을 더듬는 사람처럼 인상을 쓴 채 잠시 뜸을 들이다가 대답했다.

"정확한지는 모르겠지만, 처서(處暑 : 8월 23일)라는 얘기를 얼핏 들은 것 같습니다. 가만 처서면……? 아, 바로 내일이네요!"

설무백은 즉시 사내를 돌려보내고 남은 식사도 마다한 채 서둘러 다시 짐을 챙겨서 청몽객잔을 나섰다.

남경 응천부로 향하기 위해서였다.

설무백이 갑자기 목적지를 바꾼 것에 대해 가장 먼저 물은 것은 역시나 늘 새롭고 신기한 것에 대한 호기심이 넘치는 요미였다.

"저기 오빠……가 아니라 주군. 이건 정말 궁금해서 그러는 건데요. 왜 이래요?"

"뭐가?"

"에이, 잘 알면서. 우리에게 용빼는 재주가 있어도 내일모래까지 응천부에 도착하는 것은 꿈도 못 꾸어요. 가 봤자 이도저도 다 끝났을 텐데, 그럴 바에야 차라리 원래대로 모용세가를 털러 가는 게 낫지 않나요?"

"아니, 그렇지 않다. 상황이 바뀌었다. 이제 모용세가를 터는 것은 보다 신중하게 처리해야 할 문제가 되었으니, 뒷북이라도 응천부의 상황을 파악해 보는 것이 먼저다."

"어째서요? 아니, 상황이 어떻게 바뀌었다는 건데요?"

"그러니까…… 음……!"

설무백은 대충 에둘러 설명하고 넘어가려 했으나, 집요하게 말꼬리를 잡으며 반짝이는 눈으로 쳐다보는 요미의 태도를 보자, 도무지 그럴 수가 없어서 절로 침음을 흘렸다.

사실 지금 그가 응천부로 가려는 이유는 오직 하나였다.

지금 응천부에서, 정확히는 황실에서 벌어지는 일은 그가 모르는 일이기 때문이다.

그가 가진 전생의 기억에는 엄연히 천사교가 있고, 그 천사교가 갖은 패악을 부렸다는 사실도 들어 있었다.

그러나 그 어디에도 천사교가 황실의 재초 행사까지 주관했다는 기억은 없었다.

이건 그가 단순히 황실의 일에 무심했기 때문일까 아니면 새로운 역사의 변곡점일까?

무엇보다도 그는 이번 사태로 인해 그간 일말의 여지를 두고 있던 심증이 굳어지고 있었다.

그의 전생시절 갑자기 쏟아진 폭우처럼 강호 무림을 휩쓸며 환란의 시대를 주도하던 암천의 전신은 바로 천사교일지도 몰랐다.

천사교가 지금과 같은 과정을 거치며 크게 부흥하고, 그들에게 줄을 대고 달라붙는 사마도의 거마들이 늘어난다면 충분히 가능한 설정이었다.

설무백은 그와 같은 생각을 정리하느라 잠시 뜸을 들이다가 다시 입을 열었다.

"내가 신응 모용사관의 부탁을 수락한 것은 그의 말이 사실이라면 모용세가가 천사교와 작당을 했거나 적어도 형문파의 경우처럼 하수인 노릇을 하는 것인지도 모른다고 생각했기 때문이다. 그런데 상황이 변했다."

"그러니까 어떻게요?"

"황실에서 천사교의 도사들이 주도하는 제초를 올린다지 않느냐. 그건 황실이 이제 천사교의 존재를, 그들의 교리를 인정한다는 의미이다. 즉, 이제 천사교는 강호 무림의 그 어떤 방파와도 어깨를 나란히 한다는 것이고, 그 어떤 방파도 그들을 함부로 할 수 없다는 뜻인 거다. 어때? 상황이 많이 다르지?"

관과 무림이 제아무리 불가침의 영역이라고 해도, 기본적으로 문파가 성립하려면 국가의 인정을 받아야 한다.

국가는 정해진 규율에 따라서 혹은 필요한 상황에 의거하여 소수의 단체에 문을 세워 주고, 전답을 하사하는데, 그때서야 비로소 강호의 문파가 성립하는 것이고, 또한 그때서야 명문대파로 성장할 수 있는 것이다.

국가로부터 하사받은 전답에서 나오는 소작세(小作稅) 등의 수입만으로도 얼마든지 윤택한 생활을 영위할 수 있기에 세속의 이권에 초연한 채로 자신들의 발전에만 정신할 수 있기 때문이다.

이는 다시 말해서 제아무리 다수의 추종자들을 거느렸다고 해도 국가가 인정해 주지 않으면 고작해야 불손한 일을 획책

하기 위해 모인 불량한 세력에 불과하고, 그런 집단은 제대로 성장할 수 있는 미래가 없다는 뜻이기도 하다.

그런 자들은 정진에 앞서 먹고사는 일부터 해결해야 하고, 먹을 입은 많은데 들어오는 수입은 적으면 자연히 불량한 일에 손댈 수밖에 없기 때문이다.

세상은 불공평하면서도 공평한 모순덩어리라, 정당하게 벌 수 있는 수입은 많지 않고, 정당하지 않게 버는 수입은 많아도 필히 대가를 치루기 마련이기에 더욱 그랬다.

기껏해야 숨어 지내는 비밀 세력으로 살아남거나 무림공적으로 몰려서 비참한 말로를 맞이하는 것이 바로 그런 자들에게 주어지는 대가였다.

그런데 이제 천사교는 그와 같은 음지를 벗어나 양지로 나왔다.

황실의 인정을 받음으로써 이제 그들은 강호 무림에 확고부동한 입지를 마련한 것이다.

"확실히 다르긴 하네요."

요미가 설무백의 설명을 제대로 이해한 듯 가볍게 고개를 끄덕이며 말했다.

"결국 이제 대놓고 천사교를 칠 수 없고, 그래서 또한 모용세가가 설령 천사교와 밀접한 관계가 있어도 쉽게 털 수 없다는 거죠? 이전에 그들이 무슨 개 같은 짓을 했던지 간에 이제는 명문 정파와 다름없이 국가의 인정을 받았으니까?"

이해는 했어도 용납할 수는 없는 모양이었다.

말투도 거칠었지만, 눈빛 또한 싸늘했다.

설무백은 그냥 넘어갈 수 없었다.

무엇을 할 수 있다, 할 수 없다를 떠나서 무엇이 우선인지는 알려 주어야 했다.

사소한 견해차이로 인해 삐뚤어진 관념 하나가 사람의 인생에 얼마나 막대한 변화를 줄 수 있는지 그는 전생의 경험을 통해서 익히 잘 알고 있었다.

하물며 상대는 다른 누구도 아닌 천고의 재녀인 요미였다.

여차해서 그녀의 인생관이 삐뚤어진다면 그가 아닌 그 누구도 제대로 감당하기 어려웠다.

결국 그의 몫인 것이다.

"잘 들어!"

설무백은 자못 거칠게 요미의 어깨를 두 손으로 잡으며 힘주어 말했다.

"강호 무림의 질서는 힘의 논리와 실리를 중심으로 재편된다. 그리고 그렇게 재편된 결과와 원칙을 묵시적인 조약과 협정 등의 형식으로 정립해 놓은 것이 바로 무림인들과 무림방파들의 규범이고 규칙인 소위 불문율인 거다."

상당한 위압감이 짓누르고 있음에도 요미는 눈 하나 깜빡하지 않고 하지 않아도 되는 말대꾸까지 또박또박했다.

"그래서요?"

"다만 그와 같은 불문율이 확정되는 과정에는 반드시 보편적 윤리와 합리적 명분이라는 정당성이 담보되어야 한다. 즉, 강호 무림의 질서가 약육강식을 기본으로 돌아가는 것 같지만 실은 그에 앞서 정당한 명분 싸움이 먼저라는 거다."

"......?"

요미의 눈빛이 살짝 변했다. 무언가 알 것도 같고 모를 것도 같다는 눈치였다.

설무백은 힘이 나서 내심 웃으며 부연했다.

"요컨대, 어떤 한 거대방파가 강호 무림에서 온갖 파괴적인 행동을 하고, 다른 세력들에게 혹은 개인에게라도 온갖 부당해 보이는 요구를 강요해 왔어도 그 위에 잘 포장된 명분이 있으면 그 누구도 탓할 수 없는 아무런 문제가 아닌 것이 된다는 거다. 왜냐고?"

그는 말미에 질문을 덧붙이며 대답을 기다리지 않고 스스로 답변했다.

"그게 강호 무림의 불문율이니까. 상대는 명분을 가지고 행동했는데, 우리는 명분도 없이 그들의 행사에 개입하면 그 개입 자체가 부당하다는 것이고, 그건 강호 무림의 불문율을 어기는 짓인 것이다."

요미가 어느 정도는 설무백의 설명을 수긍한 눈치면서도 인정할 수 없다는 듯 입을 삐쭉거리며 반박했다.

"우리는 흑도이고, 필요한 것이 있으면 당당하게 요구하고 가지는 것이 흑도의 권리라고 하지 않았나요?"

설무백이 무심하게 대꾸했다.

"그래 당당하게 요구하고 가지는 거다. 그런데 상대가 우리의 당당한 요구를 당당하게 거부하면 어쩔 테냐?"

"그야 당연히 힘으로······!"

"그건 당당한 것이 아니질 않느냐. 아무런 명분도 없이 힘을 동원해서 상대의 것을 빼앗는 것은 강호 무림의 불문율을 정면으로 거역하는 짓이다. 그건 흑도가 아니라 마도의 수법이지."

"그럼 우리도 명분을 만들면 되잖아요. 그간 천사교가 저지른 만행이 어디 한두 가지예요. 그 정도면 명분이 되도 열 번은 더 되지 않겠어요."

"하긴, 그렇긴 하지. 그런데, 그게 천사교의 짓이라는 증거가 있나?"

"증거야 찾으면 되죠."

"그래, 네 말이 옳다. 증거를 찾아야지."

"아······!"

요미가 반색하다가 이내 나직한 탄식을 흘렸다.

결국 자신이 돌고 돌아서 찾아낸 주장이 설무백의 의견과 일치한다는 것을 깨달은 것이다.

설무백은 그제야 가볍게 웃는 낯으로 그녀의 어깨를 잡고 있던 두 손을 놓고 물러났다.

"분명하게 다시 말해 주는데, 저들의 행사가 엄청난 소요와 불안을 야기한다고 해도 정당성만, 바로 명분만 확보되어 있으면 그만인 것이 바로 절대 변할 수 없는 강호 무림의 율법이다."

아직 할 말이 더 남아 있었는데, 요미가 문득 눈을 빛내며 그의 입이 다시 열리기 전에 먼저 말했다.

"하지만 명분 싸움에는 다툼의 여지가 아주 많아서 그게 부당하다는 이유를 찾는 것도 그리 어렵지 않아요."

설무백은 피식 웃었다.

자신이 이어서 해 주려던 말을 요미가 먼저 스스로 깨달으며 말했기 때문이다.

"그래. 네 말대로 그렇다. 그래서 우리가 지금 응천부로 가는 거다."

요미가 재빨리 앞으로 나서며 소리쳤다.

"뭐 해요, 어서 서둘러요! 이러다가 정말 한세월 걸리겠네!"

설무백이 내심 고소를 금치 못하면서도 그녀의 뒤를 따라 발길을 서두르는 참인데, 공야무륵이 바싹 곁으로 붙으며 속삭여 물었다.

"저기, 주군. 그냥 궁금해서 그럽니다만, 정말 앞으로 명분이니 뭐니 따져서 행동하실 건가요? 요미 저 아이에게 말해 준 대로요?"

"미쳤어?"

설무백은 천연덕스럽게 잘라 말했다.

"여태도 그리 안 살았는데, 왜 이제 와서 그리 살아? 답답해서 못살아!"

"제 생각이 그 생각인데……!"

공야무륵이 얼떨결에 맞장구를 치다가 이내 실태를 깨달으며 한 대 맞은 것처럼 멍해진 표정으로 다시 물었다.

"아니, 그럼 왜 저 아이에게는 그런 말씀을……?"

설무백은 대수롭지 않게 대답했다.

"알고 행동하는 것과 모르고 행동하는 것은 천양지차지. 알면서도 다르게 행동하는 것은 수완이지만, 몰라서 다르게 행동하는 것은 그냥 무지니까."

"아……!"

공야무륵이 그런 심오한 뜻이 있을 줄은 정말 몰랐다는 듯 고개를 끄덕이며 감탄했다.

설무백은 그런 그를 향해 한쪽 눈을 찡긋했다.

"물론 요미에겐 비밀이야. 저 녀석은 당분간이라도 좀 바짝 조일 필요가 있어."

공야무륵이 즉시 입을 닫고 손으로 꿰매는 시늉을 했다.

설무백은 픽, 웃으며 그의 어깨를 툭 치고는 시위를 떠난 화살처럼 앞으로 쏘아져 나갔다.

"늦겠다, 서두르자."

천외천의
주인

설무백 등이 남경 응천부에 도착하기까지는 요미의 우려 아닌 우려처럼 한세월이 걸리진 않았다.

고작 사흘 만에 도착했다.

일말의 휴식도 없이 전력을 다해서 내달린 결과였다.

다만 어차피 결과는 달라질 것이 없었다.

천사교의 방술사가 주관하는 황실의 재초는 이미 그들이 도착하기 하루 전에 벌써 다 끝나 버렸기 때문이다.

그러나 설무백은 조금도 실망하지 않았다.

남경 응천부에 도착한 그는 정말이지 아무렇지도 않은 모습으로 묵묵히 성내를 가로질렀다.

호북성에서부터 북상한 까닭에 남경의 남문을 통해 성내로 들어섰는데, 그는 그대로 성내를 가로질러서 북문을 통해 다시 성내를 벗어나고 있었다.

이번에도 역시 참다못한 요미가 나섰다.

목마른 사람이 우물을 판다고, 공야무륵 등은 시종일관 그저 그림자처럼 묵묵히 설무백의 뒤만 따르고 있으니, 그녀로서도 다른 방도가 없었다.

"저기 오빠……가 아니라 주군. 그야말로 뭐 빠지게 달려왔는데 벌써 다 끝나 버리는 바람에 화도 나고 창피한 것도 알겠지만요, 그래도 이건 아니죠. 괜찮아요. 사람이 살다 보면 그럴 수도 있는 거죠, 뭐. 악!"

요미가 말미에 비명을 달았다.

설무백이 대뜸 그녀의 머리를 한 대 쥐어박았기 때문이다.

그는 정말 아프다는 듯 두 손으로 머리를 감싸는 그녀를 짐
짓 험악하게 노려보며 말했다.

"너 그거 일부러 자꾸 그러는 거지?"

"내가 뭘요?"

"일단 오빠 해 놓고 나서 다시 주군으로 호칭을 바꾸는 거
말이야. 아냐?"

"아니에요, 뭐. 그냥 실수하는 거라고요!"

찔끔한 다음에 버럭 하는 행동이었다.

누가 봐도 아닌 것이 아닌 것으로 보였다.

설무백은 내심 고소를 금치 못하며 말했다.

"헷갈리게 하지 말고 앞으론 하나만 해. 오빠면 오빠, 주군
이면 주군. 알았어?"

요미가 이게 웬 떡이냐 싶은 표정으로 반색하며 대답했다.

"알았어요, 오빠. 오빠가 먼저 얘기한 거니까 나중에 딴 소
리 하기 없기예요, 오빠? 히히……!"

설무백은 더 말해 무엇 하겠냐는 표정으로 한숨을 내쉬며
발길을 재촉했다.

요미가 그제야 자신이 그만 애초에 하던 말을 깜빡하고 있
었다는 사실을 깨달은 듯 새삼 쪼르르 그의 곁으로 바싹 붙으

며 물었다.

"그건 그거고요, 오빠. 지금 대체 뭐 하는 거예요? 지금 어디 가는 거예요, 우리?"

설무백은 그 순간에 문득 발길을 멈추고 전방의 한 지점을 바라보며 말했다.

"거의 다 왔네."

북문 밖으로 이어진 관도를 벗어나는 샛길로 대략 오 리가량 걸어간 장소였다.

산기슭으로 이어지는 소로가 나타나 있었다.

요미는 뒤늦게 소로 한쪽에 세워진 이정표를 발견하며 고개를 갸웃거렸다.

"명성관?"

변화의 전조前兆 (5)

남경 응천부의 북동쪽에는 그리 높진 않지만 드넓은 면적을 차지해서 거대한 병풍처럼 늘어진 산이 하나 있다.

자홍색의 사암지대가 많아서 자금산이라고 불리는 산이다.

남경 최고의 명승지로 알려진 그 자금산에는 또한 그 만큼이나 유명한 도관이 하나 있는데, 그곳이 바로 도교남종인 정일교의 일맥으로 수백 년의 역사를 자랑하며 그간 황실에서 벌어지는 모든 재초 행사를 전담했던 도관인 명성관이다.

설무백이 내색은 삼갔으나, 천사교가 황실의 재초 행사를 주관한다는 얘기를 듣고 당장에 서둘러도 시간이 부족하다는 사실을 알면서도 굳이 남경 행을 고집한 그의 이유는 바로 그 명성관 때문이었다.

제아무리 성인군자라도 빼앗긴 텃밭, 약탈당한 권리 앞에서 화내지 않고 가만히 앉아 있지는 않을 터였다.

게다가 다른 무엇보다도 설무백은 남들이 모르는 명성관의 비밀을 하나 알고 있었다.

"무당비원(武當秘院)의 하나야."

설무백이 자금산을 오르는 내내 집요한 눈빛을 던지는 요미에게 항복해서 명성관의 비밀을 밝히자, 갑자기 주변의 공기가 무겁게 변했다.

요미와 공야무륵, 위지건은 말할 것도 없고, 암중에 따르는 혈영과 흑영, 백영까지 크게 놀란 기색이라 절로 그런 느낌이 들었다.

당연한 반응이었다.

대외적으로 알려진 바에 따르면 도가제일문(道家第一門)이라는 명성 아래 소림사와 더불어 무림의 태산북두로 불리는 무당파는 세 개의 조직으로 구성되어 있다.

무당내원(武當內院)과 무당외원(武當外院), 그리고 무당하원(武當下院)이 바로 그것이다.

무당내원은 장문방장 아래 직전제자들이 거하는 본산, 즉 무당산의 무당파를 의미하며, 무당외원은 바로 세속의 제자들은 무당속가를 뜻하고, 무당하원은 일종의 분파격인 외부의 도관을 말한다.

그러나 대외적으로 드러나 있지는 않지만 엄연히 무당파의 도사들이 주축인 조직이 하나 더 있다.

필요에 의해서 혹은 피치 못할 사정으로 본색을 감춘, 그야 말로 본산에서도 극소수의 요인들만이 아는 그들이 바로 무당비원이었다.

"명성관요?"

"응."

"여기 명성관요?"

"응."

"정말이요?"

설무백은 거듭 확인하는 요미의 머리를 가볍게 한 대 쥐어박아서 입을 막았다.

공야무륵이 그제야 조심스럽게 나서며 물었다.

"여기 남경성에는 성내에도 제법 규모를 갖춘 도관이 두 개나 있고, 성 밖에는 여기 명성관을 포함해서 팔대도관(八大道觀)이 있습니다. 그들 다 하나같이 오랜 연원을 가진 도관들인데, 혹시……?"

"아니."

설무백은 무슨 질문인지 알고 잘라 말했다.

"명성관만이야."

공야무륵이 고개를 끄덕였다.

"다들 고만고만한 도관들 중에서 여기 명성관이 황실의 재초를 도맡은 이유가 다 있었던 거네요."

"그래. 인과(因果)라는 거지."

"사실이 그렇다면 간단한 문제가 아니군요. 황실이 무당파를 내쳤다는 의미가 되니 말입니다."

"그런 셈이지."

설무백은 공야무륵의 염려가 사실임을 바로 인정하며 그다지 놀라워하지 않는 투로 덧붙여 말했다.

"어차피 벌어질 일이 벌어졌을 뿐이야."

"어째서 그렇죠?"

"무당파는 이미 오래전부터 북평왕부를 지원하고 있었거든."

"아……!"

공야무륵이 나직이 탄성을 흘렸다.

이제야 지난날 구대문파의 명숙들을 비롯한 강남 무림의 고수들이 대거 북평으로 몰려갔던 사건을 기억한 것 같았다.

"이유야 어쨌든……!"

설무백은 손뼉을 쳐서 주위를 환기시키며 모두에게 주의를 주었다.

"다들 신경이 날카로울 거야. 괜한 시비에 휘말리지 말고 자중해. 손을 써도 내가 쓸 테니까."

왜 다들 신경이 날카로운지는 굳이 설명할 필요가 없었다.

미욱한 위지건도 그건 아는지 묵묵히 고개를 끄덕였고, 나서기 좋아하는 요미도 잠잠히 수긍하고 있었다.

천외천의
주인

개도 자기 밥그릇을 뺏으면 주인이라도 문다고 하는데, 대대로 자신들이 도맡아오던 황실의 재초를 빼앗긴 명성관의 분노는 두말할 나위가 없을 터였다.

그런데 과연 그랬다.

대대로 황실의 재초를 도맡았다는 도관의 명성을 대변하듯 초입인 산자락부터 본당이 자리한 산중턱까지 풍취 그윽한 오솔길로 꾸며 놓은 명성관의 대문 앞에 도착하자마자 그들은 그와 같은 기운을 느낄 수 있었다.

세상 모든 사람들에게 열려 있다는 도관의 대문이 굳게 닫혀 있고, 그 앞을 문지기처럼 지키고 서 있는 젊은 두 도사의 기색은 삼엄하기 짝이 없었다.

그러나 설무백은 그런 것에 연연할 생각이 전혀 없었고, 그럴 기분도 아니었다.

"여기 관주(觀主)인 벽봉진인(碧峰眞人)을 만나러 왔소."

대문 앞을 지키던 청년 도사들이 화들짝 놀랐다.

설무백이 멈추지 않고 그냥 대문을 열고 안으로 들어서려 했기 때문이다.

"자, 잠깐!"

청년 도사들이 허겁지겁 나서서 설무백의 앞을 가로막았다.

"대체 이게 무슨 짓이오?"

설무백은 대수롭지 않게 대꾸했다.

"벽봉진인을 만나려왔다고 하질 않았소."

청년 도사들이 어쩔 줄 몰라 하며 허둥지둥 댔다. 무턱대고 관주를 만나겠다며 대문을 열고 들어가려 했으니 어느 정도 놀라긴 했을 테지만, 아무리 봐도 필요 이상으로 당황하는 기색이었다.

"자, 잠시만 예서 기다려 주시오. 안에 기별을 해서 확인해 보겠소."

이미 수상쩍음을 느낀 설무백은 청년 도사들의 말을 수용하지 않았다.

"여기가 어디 포도아문도 아니고 기별은 무슨……!"

설무백은 슬쩍 손을 내밀어서 청년 도사들을 밀쳤다.

정확히는 밀어내는 시늉을 했다.

순간!

"헉!"

청년 도사들이 헛바람을 뱉어 내며 바람에 날리는 가랑잎처럼 저만치 나가떨어졌다.

멀리 날아가되 다치지 않게 나가떨어지도록 적당한 힘 조절을 한 수법이었다.

설무백은 그사이 대문을 열어젖히며 안으로 들어서고, 요미와 공야무륵, 위지건이 그 뒤를 따랐다.

그때 준엄한 호통이 그들의 발길을 막았다.

"대체 이게 무슨 무뢰한 짓이오!"

대문 안쪽, 작은 공터 너머에 자리 잡은 대전의 문 앞이었다. 다섯 명의 도사를 거느린 눈딱부리 중년의 도사가 안으로 들어선 설무백 등을 매섭게 노려보고 있었다.

설무백은 아랑곳하지 않고 그들을 향해 다가가며 태연하게 사정을 설명했다.

"사정이 있어서 여기 도관의 관주인 벽봉진인을 만나려 왔고, 괜한 시간을 끌려고 하기에 조금 서둘렀을 뿐이오. 무례하게 보였다면 미안하오. 너그럽게 이해해 주시오."

눈딱부리 중년 도사가 험악하게 인상을 쓰며 말꼬리를 잡았다.

"대체 어떤 사정이기에 남의 도관에 와서 이리 무례하게 구는 것이오?"

설무백은 삐딱하게 눈딱부리 중년 도사를 바라보며 반문했다.

"귀하가 여기 관주인 벽봉진인이오?"

눈딱부리 중년 도사가 화를 내듯 대꾸했다.

"물론 아니오만, 관주를 대신해서……!"

"아니면 빠지시고."

설무백은 말을 자르며 재촉했다.

"어서 벽봉진인을 불러 주시오."

눈딱부리 중년 도사가 불쾌한 기색을 감추지 않으며 사납게 엄포를 놓았다.

"감히 불청객이 여기가 어디라고 와서 그리 건방진 닦달을 하는 것이냐? 진정 화를 부르고 싶단 말이냐? 경을 치게 전에 어서 썩 꺼질 거라!"

설무백은 심드렁하게 되물었다.

"꺼지기 싫으면?"

눈딱부리 중년 도사의 두 눈이 횃불처럼 밝아졌다.

상당한 내공의 발현, 노골적인 위협이었다.

"당연히 경을 쳐야겠지."

설무백은 흥미로운 눈빛을 드러냈다.

눈딱부리 중년 도사의 기도는 흔히 마주치기 어려울 정도로 상당한 경지였다.

황실을 드나들던 무당비원의 도사가 무공을 익혔을 리는 만무하다.

어느새 무당파의 본산이 명성관의 사정을 알고 도사를 파견한 것이다.

"당신에게 그럴 능력이 있을까? 나도 한가락 한다면 좀 하는 사람이라서 말이야."

눈딱부리 중년 도사가 정말 짜증이 난다는 듯 오만상을 찡그리며 한숨을 내쉬었다.

"하여간 요즘은 어디를 가도 다 관을 봐야 눈물을 흘리는 녀석들뿐이라니까. 얘들아, 너무 심하게는 말고, 적당히 어디 한군데만 부러트려서 내쫓아라."

눈딱부리 중년 도사의 뒤에 늘어서 있던 다섯 명의 도사가 후다닥 앞으로 튀어나왔다.

다들 허리에 무당파 특유의 송문검을 차고 있으면서도 검자루에는 손도 대지 않은 채 달려들고 있었다.

설무백은 슬쩍 뒤에 서 있는 공야무륵 등을 일별하며 떨떠름하게 중얼거렸다.

"이걸 좋게 봐야 하는지, 나쁘게 봐야 하는지 모르겠네."

상대는 명색이 무당파의 제자들인 것이다.

그런데 그런 무당파의 검객들이 설무백 그 자신은 그렇다 쳐도, 요미나 공야무륵, 위지건 등을 보면서도 전혀 경계하지 않은 채 무작정 달려들고 있었다.

이게 과연 무당파의 제자들에게 사람을 알아보는 눈이 없어서인지 아니면 공야무륵 등의 경지가 전과 다르게 비약해서 어느새 자신들의 기도를 안으로 갈무리하는 경지에 도달했기 때문인지 정말 궁금한 그였다.

물론 설무백은 그와 같은 호기심의 와중에도 늦지 않게 손을 내밀어서 쇄도하는 무당파의 검객들을 내쳤다.

늦게 움직였으나 전혀 늦지 않게 휘둘러진 그의 손에서 일어난 무지막지한 기세가 쇄도하는 무당파의 검객들을 매섭게 강타했다.

펑-!

"헉!"

"크윽!"

요란한 폭음이 터지며 억눌린 신음들이 그 뒤를 따랐다.

설무백에게 다가섰던 무당파의 제자들이 일제히 주르륵 밀려 나가고 있었다.

설무백은 이채로운 눈빛으로 그들을 바라보았다.

상대가 일정 수준의 경지를 이룬 무인임을 알았기에 이번에는 전혀 힘 조절을 하지 않았다.

앞선 대문 앞에서와 비교하면 수배는 더한 기운을 쏘아 낸 셈이었다.

그런데도 막무가내로 달려들던 무당파의 검객들은 그저 뒤로 밀려 나가기만 했다.

저마다 나름 방어하거나 막아 내고, 또 어떤 이는 옆으로 흘려냈다. 다들 미처 다 감당하지 못해서 밀려 나긴 했으나, 참으로 민첩한 대처가 아닐 수 없었다.

설무백은 절로 이채로운 눈빛을 드러내며 고개를 끄덕였다.

"어쨌거나 무당파의 제자라 이건가?"

비아냥거림이 아니었다. 당연히 인정이었고, 칭찬이었다.

그러나 상대방은 그것을 인정이나 칭찬으로 받아들이지 못했다. 아니, 받아들일 수 없었다.

그들은 다들 강호 무림에서 일류고수를 구가하는 무당파의 이대제자들 중에서도 손꼽히는 검객들이었기 때문이다.

챙-!

경쾌한 쇳소리가 울리며 장내의 살기가 비등했다.

설무백이 내친 무당파의 검객들이 일제히 검을 뽑아 들며 태세를 취하고 있었다.

이러니저러니 해도 그들은 아직 설무백의 진정한 신위를 알아볼 눈은 갖추지 못한 것이다.

하물며 그들은 감정이 격해진 탓인지 방금 설무백의 입에서 무당파의 제자라는 말이 나왔다는 것조차 제대로 인지하지 못하고 있었다.

그런데 그 모든 것을 인지하며 설무백을 다르게 보는 사람이 있었다.

눈딱부리 중년 도사였다.

"멈춰라!"

눈딱부리 중년 도사가 검을 뽑아 든 다섯 명의 젊은 도사를 제지하며 앞으로 나섰다. 그리고 마치 다른 사람처럼 이전과 사뭇 다르게 진중해진 태도로 설무백을 바라보며 공수했다.

"빈도는 무당의 현화(玄華)이오. 고인을 몰라본 점 깊이 고개 숙여 사과드리는 바, 이제라도 본색을 드러내서 빈도의 무안함을 벗을 수 있게 도와주면 고맙겠소이다."

설무백은 새삼 이채로운 눈빛을 드러내며 눈딱부리 중년 도사, 현화를 바라보았다.

이제 보니 의외의 거물이었다.

작금의 무당파에서 무당장문인과 더불어 무당파의 수뇌 십일 인을 구성하는 팔궁과 이관의 책임자 바로 아래 항렬인 일대제자이고, 개인적으로 무당파를 대표하는 검객들인 무당십검(武當十劍)의 한 사람이자, 무당파의 미래를 짊어질 제자들을 수련시킨다는 팔궁의 하나인 오룡궁(五龍宮)의 수석교두가 바로 현화이기 때문이다.

설무백은 그래서 깨달으며 한숨과 함께 혼잣말을 흘렸다.

"결국 벽봉진인은 죽었다는 소리네."

무당파를 대표하는 검객 중 하나가 나섰는데 일개 관주인 벽봉진인이 모습을 드러내지 않는 것은 말이 되지 않았다.

무당파의 규율을 떠나서 기본적인 예의에 어긋나는 일이었다. 벽봉진인이 죽었다는 결론이 그래서 나왔다.

강호 무림의 그 어떤 방파보다도 더 예의를 따지고 도리를 섬기는 방파가 바로 무당파이기 때문이다.

과연 설무백의 중얼거림을 들은 현화진인이 그와 같은 사실을 인정하듯 안색을 바꾸며 은근히 다그쳤다.

"점점 더 의혹이 쌓이는구려. 대체 귀하는 누구고, 왜 여길 방문한 것이오?"

설무백은 순순히, 그리고 정중하게 자신의 신분을 밝히며 사정을 설명했다.

"저는 설무백이라는 무림말학이고, 여기 명성관을 방문한 이유는 천사교가 그동안 명성관이 주관하던 황실의 재초 행사를 대신했다고 하여 내막을 확인해 보기 위함이었습니다."

"……!"

현화진인은 대번에 설무백이 누군지 알아차린 눈치였다.

한순간 당황으로 흔들린 눈빛이 그것을 대변했다.

그는 애써 그와 같은 놀람의 기색을 억누르며 대답했다.

"작금의 강호 무림에서 가장 유명한 고수를 이런 곳에서 만나게 될 줄은 정말 몰랐구려. 한데, 대체 귀하가 무슨 연유로 명성관의 사정에 호기심을 느낀다는 것이오?"

설무백은 확인하듯 되물었다.

"그 말은 여기 명성관이 무당파의 예하에 있음을 인정하고 묻는 것일 테지요?"

현화진인이 잠시 고민하는 눈치다가 이내 고개를 끄덕이며 인정했다.

"그렇소."

설무백은 조금 의외였다.

무당파의 제자가 대외적으로 숨겨진 무당비원의 실체를 인정하는 것은 결코 쉬운 일이 아니었다.

무슨 생각을 가진 것인지는 몰라도 지금 현화진인은 나름 어려운 결정을 내린 셈이었다.

설무백은 내심 그와 같은 현화진인의 태도를 높이 사서 거두절미하고 나름 솔직한 사실을 드러냈다.

"저는 그간 천사교의 만행을 파헤치고 있었습니다. 해서, 이번 일에 어떤 내막이 있었던 건지 벽봉진인에게 직접 들어 보려던 참이었습니다."

현화진인이 진위를 파악하려는 듯 예리한 눈빛으로 설무백의 시선을 파고들었다.

하지만 깊고 그윽하게 가라앉은 설무백의 눈빛에서 그가 찾아낼 수 있는 감정은 아무것도 없었다.

그는 이내 한숨을 내쉬며 말했다.

"실은 빈도가 여기 명성관에 온 이유도 그 때문이오. 다만 이번 사건이 천사교의 소행인지는 아직 전혀 알 도리가 없소."

설무백은 적잖게 곤혹스러워하는 현화진인의 안색에서 사태의 전모를 어느 정도 유추하며 물었다.

"제가 내막을 좀 알아도 될까요?"

현화진인이 새삼 무겁게 변한 낯빛으로 설무백의 시선을 마주하며 잠시 여유를 두었다가 답변했다.

"황실에서 먼저 명성관을 내친 것이 아니요. 마황후께서는 사전에 여기 명성관으로 사람을 보내서 황실의 재초 행사를 준비하라 일렀으나, 명성관이 그 명을 수용할 수가 없었소. 하필이면 그 전날 벽봉진인께서 불의의 사고로 운명을 달리했기 때문에 말이오."

설무백은 의미심장하게 거듭 확인했다.

"하필이면 말이죠?"

벽봉진인의 죽음을 순순히 받아들이기에는 너무나도 공교롭다는 의미의 확인이었다.

현화진인이 힘주어 대답했다.

"무당파가 가진 모든 능력을 동원해서 벽봉진인의 죽음을 확인하고 있소."

설무백은 현화진인의 태도와 대답을 통해서 참으로 여러 가지를 유추해 낼 수 있었다.

"저와 마찬가지로 너무 공교로운 사건이라고 생각한다는 뜻이네요?"

현화진인이 부정하지 않고 에둘러 대답했다.

"몇 가지 겹치는 사건이오. 우연이 반복되면 필연이라고 하니, 확인이 필요하지 않겠소."

설무백은 가만히 고개를 끄덕이다가 불쑥 핵심을 찔렀다.

"그럼에도 불구하고 진인께서 여태 여기 명성관에 이러고 계신다는 것은 아직까지 그 어떤 확신을 할 수 없을 정도로 아무런 증거도 찾지 못했다는 거네요. 그렇죠?"

현화진인이 대답하지 않고 침묵을 지켰다.

설무백은 새삼스럽게 정중히 공수하며 말했다.

"외람된 부탁일 수도 있으나, 벽봉진인의 주검을 제가 한 번 살펴볼 수 있을까요?"

현화진인이 슬쩍 미간을 찌푸리는 것으로 불쾌함을 드러냈다. 지금 설무백의 태도는 감히 무당파의 능력을 무시하는 것과 같은 것이다.

설무백은 명문의 오만이 같잖아서 코웃음을 쳐 주고 싶었지만, 평생 그렇게 살아온 사람이라 씨도 안 먹힐 것을 잘 알기에 애써 내색을 삼가며 다시 말했다.

"밑져야 본전 아닙니까. 코흘리개 바보에게도 배울 것이 있다고 하는데, 혹시 아나요. 의외로 하나 건질 수 있을지."

현화진인이 잠시 망설이다가 돌아섰다.

"따라오시오."

현화진인의 곁에 늘어선 청년 도사들이 참으로 의외라는 표정을 지었다.

그들에겐 지금 보여 주는 현화진인의 행동이 적잖은 파격인 듯 보였다.

설무백은 그게 너무 눈에 보여서 내심 고소를 금치 못하며 현화진인의 뒤를 따라갔다. 공야무륵 등이 그 뒤를 따르고 다시 그 뒤에는 무당파의 청년 도사들이 따라붙었다.

현화진인은 그런 그들을 돌아보며 잠시 눈살을 찌푸리긴 했으나, 말리지는 않고 그대로 외면하며 발걸음을 재촉해서 세 개의 담과 두 개의 정원을 거슬렀다.

목적지는 두 번째 정원이 끝나는 지점에 세워진 모옥이었다. 산기슭처럼 가파른 언덕에 등을 기대고 자리 잡은 그 모옥의 내부에 벽봉진인의 주검이 있었다.

따로 정성을 들여 안치한 것이 아니었다.

모옥의 내부로 들어서기 전부터 무언가 지독한 약 냄새가 코를 찔러서 이상하다 했는데, 이유가 있었다.

벽봉진인의 주검은 검게 변한 핏물이 뿌려진 모옥의 방바닥에 쓰러진 상태로 서서히 썩어 가는 중이었다.

한 자루 비수를 손에 쥐고, 옆으로 쓰러진 자세였는데, 반쯤 벌어진 입안에는 진득하게 굳어진 검은 핏물이 고여 있는 모습이었다.

코를 찌르는 약 냄새는 시체가 썩지 않게 하는, 정확히는 늦게 썩게 하는 약을 벽봉진인의 주검에 뿌린 까닭이었다.

벽봉진인은 처음 죽은 모습 그대로 보관되어 있었던 것이다.

현화진인이 그런 벽봉진인의 주검을 응시하며 그간의 사정을 설명했다.

"지난 여드레 동안 살펴본 결과는 자살이오. 상황만 놓고 보면 당신 스스로 비수를 들어서 목을 그었소. 하지만 그럴 이유가 없고, 절대 그럴 분도 아니오."

"사람의 일을 모르는 법인데, 그리 확신하는 이유라도 있나요?"

"내가 아오. 절대 그럴 분이 아니오. 어린 도동(道童)의 실수로 관에 끌려가서 볼기짝이 터져서 제대로 걸을 수 없을 정도로 곤장을 두들겨 맞고서도 허허 웃던 분이 스스로 목숨을 끊다니, 말이 안 되오."

설무백은 현화진인의 태도에서 필요 이상의 절실함을 느낄 수 있었다. 그러고 보니 오룡궁의 교두가 비원의 일에 나섰다는 것도 이상했다.

그저 묵묵히 벽봉진인의 주검과 그 주변의 모습을 살피던 설무백은 문득 뇌리를 스치는 생각이 있어서 현화진인에게 시선을 주며 물었다.

"혹시 과거의 그 어린 도동이 진인이신가요?"

현화진인이 살짝 안색을 붉히며 대답했다.

"그렇긴 하오만, 절대 감정에 치우쳐서 하는 말은 아니오. 실제로 자살은 감히 생각도 못하실 분이시라 하는 말이오."

설무백은 묵묵히 고개를 끄덕이는 것으로 그의 말을 수긍하며 한차례 더 장내를 둘러보고 나서 자신의 생각을 밝혔다.

"저는 사실 벽봉진인의 죽음에 혹시나 고독이 관련되었을지도 모른다고 생각해서 좀 보자고 했던 겁니다. 한데, 그건 아니군요. 또한 잠시 살펴본 것에 불과하나, 마땅히 자살이 아니라는 증거는 발견할 수 없네요."

"됐소. 귀하의 의견이……!"

"다만!"

설무백은 불쾌한 기색으로 나서는 현화진인의 말을 단호하게 자르며 말했다.

"저는 때론 심증이 그 어떤 증거보다도 정확하다고 생각하는 사람이라, 진인의 의견을 전적으로 수렴한다면 벽봉진인의 죽음에 딱 한 가지 사인을 더할 수 있습니다."

"무엇이오, 그게?"

"섭혼술입니다."

반색하며 관심을 보이던 현화진인의 표정이 대번에 착잡하게 바뀌었다.

아쉽고도 실망스럽다는 기색이었다.

곧바로 이어진 말도 그와 같았다.

"빈도 역시 그 점을 간과하고 넘어가지 않았소. 다만 사람의 자아를 지배하는 섭혼술은 과거 백 년 전의 대마두인 광도사왕(狂濤邪王) 이경(李璟)과 그 측근인 광천이제(狂天二帝) 사후 강호에서 완전히 사라졌다고 알려진 터라……."

"사라졌다고 알려진 것이 정말로 사라졌다는 증가가 될 수는 없지요."

"그렇긴 하지만, 색마이기 이전에 섭혼술의 대가로 알려진 강호칠대악인의 하나, 화수 채의조차 고작 상대의 정신을 혼미하게 만드는 정도가 다라고 했소. 하물며 벽봉진인께서는 비록 무공을 익히지는 않으셨으나 평생을 정진하신 도력(道力)의 소유자시오. 감히 누가 그런 분을 자진하게……!"

"소문을 너무 믿으시네요. 게다가 작금의 강호는 채의보다 더한 섭혼술의 대가가 얼마든지 있을 수 있습니다. 제아무리 깊은 도력의 소유자도 견고한 내공의 뒷받침이 없다면 그런 자들의 사특한 사술을 대적할 수는 없습니다."

"……!"

현화진인이 문득 입을 다물고 예리한 눈초리로 설무백의 시선을 마주했다.

이제야 무언가 감이 온다는 표정인데, 이내 그런 말을 설무백에게 건넸다.

"확고한 믿음이구려. 직접 경험해 본 사람이 아니라면 절대 그럴 수 없을 정도로 말이오. 혹시 빈도도 한번 견식해 볼 수 있겠소?"

설무백은 기실 전생의 기억을 토대로 말한 것이었다.

암천의 그림자들 중에는 섭혼술을 비롯해서 각종 기기묘묘한 사술을 자유자제로 구사하는 술사(術士)들도 적지 않았었다.

'아직 그들과 비교할 정도는 아닐 테지만……'

설무백은 잠시 망설이다가 이내 마음을 다잡고 슬쩍 요미를 바라보았다.

"한번 해 볼래?"

요미가 기다렸다는 듯이 빙그레 웃으며 앞으로 나섰다.

"재미있겠다."

"다치게는 하지 말고."

"그럼 저기 저 젊은 도사 중 하나로 할게요. 여기 이 도사님은 제법 반항이 세서 다칠지도 모르니까요."

요미는 앞서 설무백에게 달려들었던 다섯 명의 청년 도사를 지목하고 있었다.

설무백은 그 젊은 도사들을 일별하며 현화진인에게 물었다.

"괜찮겠습니까?"

"조, 좋소."

현화진인은 비록 자신이 말을 하긴 했으나, 설무백이 정말로 받아들여 줄지는 몰랐던지 적잖게 당황한 기색으로 승낙하며 젊은 도사 하나를 호명했다.

"청진(靑眞) 어디 한번 앞으로 나서 보거라."

다섯 명이 젊은 도사 중 하나가 마뜩찮은 듯 표정으로나마 감히 불복하지 못하고 앞으로 나섰다.

요미가 성큼 그 앞으로 다가서며 말했다.

"날 봐."

젊은 도사가 얼떨결에 요미를 쳐다봤다. 그리고 파르르 떨며 서서히 굳어져갔다.

요미의 두 눈은 이미 검은 눈동자가 사라진 회백색으로 변해서 가공할 사기(邪氣)를 발산하고 있었다.

그 상태로, 그녀가 입을 열자, 마치 여자와 남자, 노인과 아이의 목소리가 뒤섞인 것처럼 기묘한 음성이 흘러나왔다.

"세상 살기 정말 힘들어. 아무리 노력해도 되는 일 하나 없고. 그래서 죽고 싶지? 그렇지?"

청년 도사가 넋이 나간 듯한 표정으로 요미의 회백색 두 눈을 멀거니 바라보며 대답했다.

"예, 죽고 싶어요."

요미가 말했다.

"그래, 그럼 죽어야지. 검을 뽑아, 그리고 목에 대고 그어. 그럼 편안하게 죽을 수 있어."

"예……."

청년 도사가 더 없이 나른한 목소리로 대답하며 허리의 검을 뽑아서 자신의 목으로 가져갔다.

너무나도 쉽게 설무백의 말이 증명되는 순간이었다.

현화진인이 더 보지 못하고 대갈일성(大喝一聲)처럼 장중한 도호(道號)를 터트렸다.

"원시안진(元始安鎭)!"

순간, 몽롱하게 풀어져 있던 청년 도사의 표정이 와락 구겨졌다. 정신을 차린 것이다.

설무백은 특유의 미온한 미소를 지으며 현화진인을 향해 말했다.

"확인이 되셨습니까?"

물어보나마나 충분히 확인한 것 같았다.

대신에 전혀 다른 문제가 생겨나 있었다.

방금 전까지 적잖게 호의적으로 변해 가던 현화진인은 이제 다시 적을 마주한 것처럼 싸늘하게 설무백 등을 노려보고 있었다.

설무백은 급변한 현화진인의 태도에 잠시 이게 뭔가 하다가 이내 그 이유를 깨달으며 특유의 미온한 미소를 보였다.

지금 현화진인은 그를 의심하고 있었다.

작금의 강호 무림에는 없다고 확신하던 사술을 보게 되자, 사술을 펼친 그들에게 의심의 화살을 돌린 것이다.

졸지에 누구라도 너무 어처구니가 없어서 우습다 못해 화를 내도 시원찮을 상황이 벌어진 것인데, 의외로 설무백은 아무렇지도 않게 행동했다.

다른 사람의 눈에는 지금 드러난 현화의 태도가 어디가 모자란 것처럼 우습게 보일지 몰라도 설무백의 눈에는 전혀 그렇게 보이지 않았다.

현화진인의 태도가 진심에서 우러나오는 반응임을 느꼈기 때문에 그랬다.

우습기보다는 놀라웠고, 다른 한편으로 믿음이 갔다.

설무백의 눈에는 현화진인의 태도가 오랜 시간동안 정도(正道)로 정해진 도가의 규범과 규율 아래 배우고 익힌 수행을 토대로 절대 쉽게 변할 수 없도록 견고하게 자리 잡은 신념의 자연스러운 표출이라고 느껴졌기 때문이다.

사람이 평생 동안 한정된 공간에서 일련의 독특하고도 체계적인 교육을 받으며 산다면 그 사람의 사고방식이나 발상은 그 교육의 틀을 절대 벗어나기 어렵다.

강호의 방파라지만 결국 도관일 수밖에 없는 무당파의 제자들이 그런 부류의 하나이다.

하물며 그들은 단순히 종교적인 신념만을 수행하는 것이 아니라 그와 같은 신념을 토대로 창안된 무공까지 익힌다.

무릇 모든 무공은 수련자의 심신을 무공의 체계와 근본이념에 맞도록 바꾸는 성질을 내포하고 있는 법인데, 수련자가 이미 그와 같은 이념을 가지고 있다면 어떨 것인가?

수련자의 수행이 빨라지는 것은 차치하고, 수련자가 가지고 있는 사고방식을 더욱 견고하게 다듬어서 절대 그 범주를 벗어나지 못하도록 강화할 수밖에 없지 않겠는가.

지금 드러난 현화진인의 태도는 그래서였다.

가슴속 깊이 견고하게 자리 잡은 신념에 따라 의심스러우면 그냥 의심을 하고, 또한 그것을 굳이 감추려 들지 않는 것이다.

무지하고 무식해서 그걸 감추어야 자신에게 유리한 상황이라는 것을 몰라서가 아니다.

그냥 그렇게 행동하려는 생각 자체를 하지 않는 것이다.

그게 바로 그가 무당파에서 평생을 수행한 사고방식이고 체질이므로!

'그러고 보면……'

명색이 화산제일검이자 천하십검의 수좌를 다투는 경빈진인도 이런 쪽으로 매우 견고해서 어리숙한 느낌이 들었었다.

마주칠 때마다 매번 무언가 감추고 있다는 기색을 전혀 감추지 못했었다.

어쩌면 그처럼 지독한 신념이, 불변의 사고방식이 경빈진인을 화산제일검의 자리에 올려놓았을 테지만 말이다.

그러나 그건 그것이고, 이건 이것이었다.

이런 현화진인이 마음에 들기는 하지만, 지금의 그에게 다시금 부상한 현화진인의 불신을 부드럽게 해결할 수 있는 방법이 더 이상 없었다.

설무백은 그래도 포기하지 않고 애써 마음을 다잡으며 현화진인을 향해 물었다.

"천사교를 의심하고 있었죠. 아닙니까?"

현화진인은 입을 다문 채 침묵을 지켰다.

설무배은 대답을 기다리지 않고 재우쳐 말했다.

"끝내 증거가 나오지 않았으면 어쩌려고 했습니까? 그냥 자살로 처리하려고 했습니까?"

"……."

"아니죠. 그리 쉽게 포기하실 분이 아니잖아요. 분명 무언가 다른 방법으로 천사교의 뒤를 캐려 들었을 겁니다. 아닌가요?"

"……."

"제가 확인시켜 준 섭혼술이 그와 같은 진인의 마음을 어느쪽으로 어느 정도나 변화시켰습니까?"

"……."

"제가 그런 섭혼술이 있다는 것을 확인시켜 주지 않았다면 애초에 진인께서 가졌던 마음이 바뀌었을까요?"

"……."

"진인께서 그런 섭혼술이 있다는 것을 알게 되는 것이 제게 무슨 이득을 가져다줄까요?"

"……."

"이제 무엇을 어떻게 판단하고 결정하든 그것은 오롯이 진인의 몫입니다. 저는 그저 제가 확인하고 싶은 것을 확인했으니, 이만 돌아가 보렵니다."

"……!"

"아, 참고로 저를 막을 생각은 하지 마세요. 제가 보기보다 그리 허약한 놈이 아니니 자중하세요. 그럼 저는 이만……!"

설무백은 정중히 공수하고 돌아섰다.

분명 의연한 행동이었으나, 다른 사람들의 눈에는 얼마든지 오만으로 비추어질 수 있고, 자부심과 자존감이 아집의 선에 달한 무당파 제자들의 눈에는 더욱 그럴 터였다.

그러나 현화진인은 오만가지 상념이 실타래처럼 얽히는 사람처럼 불안하게 흔들리는 눈빛을 드러내면서도 돌아서는 그를 끝내 막지 않았다.

대신 전혀 엉뚱한 목소리가 그의 발목을 잡았다.

"외람되지만, 귀하가 확인하고자 했던 것이 무엇인지 말해 줄 수 있겠소?"

설무백은 다시 돌아서서 목소리의 주인공을 바라보았다.

예기치 못하게 나선 상대는 바로 앞서 현화진인의 명령에 따라 그를 공격했다가 나가떨어졌던 다섯 명의 청년 도사 중의 하나였다.

'상하복명이 다른 어느 방파보다 엄격한 무당파의 제자가 배분의 차이가 상당해 보이는 사문의 어른에게 허락도 받지

않고 나선다고?'

있을 수 없는 일이었다.

아니, 아주 없지는 않을 테지만, 매우 드문 일이 분명했다.

그런 마당에 조용히 침묵을 지키는 현화진인의 태도도 선뜻 이해할 수 없었다. 이건 아무리 생각해도 지금 되바라지게 나선 청년 도사의 위치가 예사롭지 않다는 뜻일 터였다.

적어도 지금처럼 되바라진 행동을 해도 능히 현화진인의 이해를 구할 수 있는 위치라는 뜻일 것이다.

'그러고 보니⋯⋯?'

설무백은 새삼 마주하고 나서야 지금 나선 청년 도사가 앞서 그가 발출한 경력을 막다가 혹은 막기도 전에 당해서 튕겨나갔던 다른 청년 도사들과 달리 유일하게 옆으로 흘리며 스스로 물러났다는 사실이 기억났다.

당시에도 잠시나마 나이도 어린 듯한데 상대의 공격을 피하지 않고 마주치되 굳이 맞받아치지 않으며 유연하게 흘리면서 반격을 도모한다는 무당파의 태극유전(太極流轉)을 제대로 배웠구나 하고 감탄했었기에 바로 기억할 수 있었다.

단지 우연이었다고 치부한 그때의 상황이 이제 보니 우연이 아니었던 것이다.

지금 설무백이 새삼스럽게 바라본 청년 도사의 기도는 보통이 아니었다. 현화진인까지라고는 말할 수 없지만, 최소 주변의 다른 청년 도사들과는 확연히 구분될 정도로 매우 뛰어난 기도였다.

"이름이……?"

"옥양(玉陽)이오."

설무백은 조금 놀라고 적잖게 당황하며 새삼스러운 시선으로 옥양을 바라보았다.

중용지학(中庸之學)을 도리에 따라 성이 아니라 이름에 해당하는 두 번째에 배분을 넣는 것이 무당의 전통이니, 옥양은 양(陽) 자 배의 제자이고, 당금 무당파의 양 자 배는 현화진인의 제자 급인 이대제자이다.

그런데 옥양의 외모는 고작 약관이나 될까 싶을 정도로 매우 젊었다.

실상 머리가 희끗거리는 중년 도사인 현화진인도 무당파의 일대제자치고는 매우 젊은 편에 속한다는 것을 감안해 볼 때, 약관의 이대제자라는 것은 참으로 이채로운 일이 아닐 수 없는 것이다.

그러나 설무백의 놀람과 당황은 그 때문이 아니었다.

'이자로군!'

설무백은 눈앞의 젊은 도사 옥양을 익히 잘 알고 있었다.

옥양은 바로 앞으로 다가올 환란의 시대에 무당파를 이끌 무당제일검(武當第一劍)이었다.

비록 초반에 당한 무당파의 피해가 너무나도 막대한 까닭에 전세를 역전시키지 못한 채 이리저리 도주하는 상태였지만, 무당파의 제자들을 선도하며 끈질긴 저항으로 수많은 암천의 그림자들을 해치운 무당파의 검성(劍星)이 바로 지금 그의 눈앞에 서 있는 옥양인 것이다.

'본신의 실력을 드러내지 말라는 주의를 받았을 테지. 지금쯤이면 무당파의 최고배분인 화운자와 그 아래 청(靑)자 배와 엽(葉)자 배의 원로에게 지도를 받고 있을 테니, 일대제자인 현화진인도 감히 함부로 대하지 못할 테고.'

설무백은 왠지 모르게 반가운 마음이 들어서 미소를 지으며 기꺼이 솔직하게 대답해 주었다.

"내가 오늘 여기 명성관에 와서 확인하려던 것은 과연 남북대전조차 외면한 무당파가 이번 일로 강호에 나설 것인가 나서지 않을 것인가 하는 것이었어."

대놓고 반말을 하고 있으나, 그에 따른 위화감은 전혀 없었다.

당사자인 옥양이 별다른 거부감을 내색하지 않아서인지 현화진인도 그저 침묵한 채 바라보고 있었다.

그러는 와중에 옥양이 이상하다는 듯 고개를 갸웃하며 설무백의 말꼬리를 잡았다.

"확인하고 싶은 것을 확인하고 돌아간다 하였는데, 그건 아직 결론이 나지 않은 문제가 아니오?"

설무백은 무심하게 반문했다.

"정말 그렇게 생각하나?"

옥양이 대답 대신 난감한 표정을 지으며 침묵했다.

설무백은 순박한 그 태도가 마음에 들어서 절로 미소를 지으며 말했다.

"그럼 이렇게 하자. 우리 둘이 내기를 하는 거야. 나는 앞으로 무당파가 강호의 모든 일에 적극적으로 나선다는 데 내가 가진 모든 것을 걸 테니, 옥양 너는 그 반대에 걸래?"

옥양이 대답 대신 멋쩍은 표정을 지었다.

그럴 수밖에 없었다.

바보가 아닌 이상 지금 설무백이 에둘러 자신의 생각을 밝혀 준 것임을 어찌 모를 수 있을 것인가.

난감한 기색으로 잠시 버티던 그는 이내 슬며시 설무백의 시선을 외면하며 말했다.

"도가에 입문한 사람은 도박을 하지 않소."

설무백은 피식 웃으며 돌아섰다.

그리고 가볍게 손을 흔들며 총총히 자리를 떠났다.

"그럼 나는 바빠서 이만……!"

공야무륵 등이 뒤늦게 그들을 주시한 채로 물러나다가 이내 돌아서서 설무백의 뒤를 따라갔다.

옥양이 빠르게 멀어지는 그들, 설무백 일행을 주시한 채로 깊은 한숨을 내쉬며 탄식했다.

"굉장하네요. 소문은 저 사람의 능력을 반에 반도 제대로 표현하지 못하는 것 같아요."

어느새 그의 곁으로 다가와서 서 있던 현화진인이 놀란 눈치로 넌지시 물었다.

"자네로서도 버거운 상대인가?"

아무리 생각해도 아랫배분의 제자에게 건네는 말이 아니었다. 더 나아가서 놀랍게도 옥양을 자신보다 더 높은 경지의 무인으로 인정하고 건네는 질문이었다.

자신은 버거운 것이 사실인데 설마 너도 그러냐고 묻고 있는 것이다.

그런데도 옥양은 별다른 기색 없었다.

그는 그 상태로 설무백 등이 사라진 방향을 한참 동안이나 하염없이 바라보다가 어느 한순간 나직하나 다부진 목소리로 말했다.

"분하게도 아직은 그렇습니다!"

현화진인의 얼굴에 미소가 번졌다.

"그럼 됐어."

아직은 그렇다는 것은 나중에는 달라질 것이라는 뜻이고, 분하다는 말에는 달라지기 위해서 얼마든지 노력할 것이라는 의지가 담겨 있었다.

적어도 현화진인은 그렇게 단정할 수 있을 정도로 옥양의 의지와 능력을 믿어 의심치 않았다. 그러나 그런 현화진인을 바라보는 옥양의 마음은 실로 착잡했다.

그가 현화진인에게 건넨 말은 거짓이 아니었으나, 거기에는 어쩔 수 없는 조건이 하나 붙어 있었다.

오늘 그가 보고 판단한 설무백의 평가가 정확해야 한다는, 즉 그의 평가와 설무백의 실체가 가진 능력이 정확히 일치해야 한다는 조건이 바로 그것이었다.

옥양은 자신의 눈을 믿어 의심치 않지만 이상하게도 오늘은 왠지 모르게 불안하기 짝이 없었다.

오늘 그가 만난 설무백은 그처럼 신비한 힘을 품고 있는 사람이었다.

'혹시라도 내 평가가 틀렸다면……?'

상상하기도 싫지만, 사실이 그렇다면 설무백은 무당제일검을 넘어서 천하제일검을 꿈꾸는 그조차 감히 대적할 수 없는 무신(武神)일 터였다.

옥양은 의지와 무관하게 몸서리를 치고는 서둘러 고개를 지어서 상념을 털어 냈다.

그런 일은 만에 하나라도 절대 없어야 했다.

옥양이 거듭 심호흡을 하며 마음을 다잡는 참인데, 잠시 장내를 둘러보던 현화진인이 이내 손을 털며 말했다.

"준비해 둔 관을 내와라. 이제 그만 벽봉진인을 모시고 산으로 돌아가야겠다."

"옙!"

젊은 도사들이 서둘러 밖으로 나갔다.

때마침 상념에서 벗어난 옥양은 어쩔 수 없이 미소를 지으며 현화진인을 바라보았다.

"그리 가자고 해도 포기하지 않으시더니, 그자의 말을 믿으신다는 건가요?"

"왜 그런지는 모르겠지만……."

현화진인이 어색한 미소를 흘리며 잠시 고개를 갸웃거리다가 말을 이었다.

"……믿음을 주는 구석이 있는 자야. 그리고 시간도 꽤나 흘렀지 않나. 그사이 천사교에 대한 다른 정보가 적잖게 입수되었을 테니, 검토해 보면 아까 그 친구의 말에 어느 정도나 신빙성이 있는지는 충분히 확인할 수 있을 거다."

"그렇긴 하죠."

옥양이 자신도 같은 생각이라는 듯 대답하고는 서둘러 주변을 정리하기 시작했다.

현화진인도 그냥 있지 않고 옥양을 도왔다.

그때 그 순간에 암중에서 그들을 지켜보던 시선 하나가 소리 없는 바람으로 변해서 그 자리를 떠났으나, 그들은 전혀 눈치채지 못했다.

변화의 전조前兆 (6)

현화진인과 옥양의 이목을 피해서 귀신처럼 그 자리를 벗어난 암중의 시선은 그대로 한줄기 바람으로 변해서 곧장 명성관의 영내를 벗어났다.

　그리고 어느새 자금산의 자락이 내려다보이는 산기슭을 내려가고 있는 설무백의 면전에서 멈추었다.

　아지랑이처럼 흔들리는 검은 그림자 덩어리로 변해다가 이내 달빛 아래 모습을 드러낸 그 바람의 정체는 바로 요미였다.

　그 요미가 활짝 웃으며 말했다.

　"이제 정리하고 산으로 돌아간대. 자기들끼리 하는 말을 들어 보니, 천사교에 대해서도 진작부터 조사하고 있었나 봐요. 산으로 돌아가서 다음 대책을 새운다고 하네요."

설무백은 절로 눈을 빛내며 고개를 끄덕였다.

전생에도 모르던 사연이라 못내 신경이 쓰였는데, 이제야 확실해졌다.

소림사가 백마사의 혈사로 인해 침묵을 깨고 강호의 분쟁에 나서게 되는 거라면 무당파는 여기 명성관의 사건으로 인해 강호의 분쟁에 끼어드는 것이었다.

"수고했다."

설무백은 매우 흡족한 기분으로 요미의 머리를 헝클어지도록 쓰다듬어 주며 발길을 재촉했다.

"가자! 남창부에 제때 도착하려면 서둘러야 한다!"

다음 목적지는 모용세가가 자리한 남창부였다.

하지만 설무백은 그 전에 여기 남경 응천부에서 처리해야 할 문제가 남아 있었다.

　　　　　　　　　　　᚛

설무백 등이 남경 성내로 돌아왔을 때는 이미 축시(丑時 : 오전 1~3시)가 훌쩍 넘었다.

마치 애초에 정해 놓은 것처럼 적당한 시간이었다.

하늘도 도왔다.

비는 내리지 않았으나, 밤하늘에 구름이 잔뜩 깔려서 달빛을 가리는 바람에 매우 어두워졌다.

설무백은 공야무륵 등을 모처에 대기시켜 놓은 다음, 지체하지 않고 자리를 이동해서 황궁의 담을 넘었다.

남경에서 그가 처리해야 할 문제는 바로 사례태감 정정보를 만나는 것이기 때문이다.

황제가 거하는 황궁을 남몰래 잠입한다는 것은 천하의 그 누구라도 입에 담기 어려울 정도로 결코 쉬운 일이 아니고, 설무백도 예외일 수 없었다.

황궁이 구중궁궐이요, 구중천이라고 불리는 것은 그만한 이유가 다 있었다.

자칫 한 번이라도 길을 잘못 들면 대체 어디로 가는지 모르고 헤맬 정도로 미로와 같고, 사방팔방 모든 요처에는 백만 금군에서 추리고 추린 정예들과 별도의 경로로 선발한 금의위의 고수들이 철통같은 경계로 철옹성을 구축하고 있는 것이 바로 황궁인 것이다.

그러나 쉽지 않고 어렵다는 것이지 불가능하다는 뜻은 아니었다.

적어도 설무백은 가능했다.

하물며 그는 이미 한번 다녀갔던 길인데다가, 당시보다 월등히 비약해서 지금의 그는 그다지 어렵지도 않았다.

설무백은 소리 없는 바람처럼 눈에 보이지도 않고 흔적도 남기지 않는 그림자였다.

황궁의 요소요소를 점거하고 경계를 서는 금군의 병사와 금의위의 고수들은 그처럼 인간의 경지를 벗어나서 초극에 달한 그의 은신술에 무기력했다.

그리고 그건 지난 일을 답습하지 않겠다는 듯 이전에 비해 배는 더 강화된 경계를 펼치는 사례태감 정정보의 거처, 사례거숙의 호위들도 다르지 않았다.

한줄기 소리 없는 바람으로 다가가서 사례거숙의 내부로 연기처럼 스며든 설무백의 잠입을 가장 먼저 발견한 사람은 다른 누구도 아닌 사례태감 정정보였다.

"누, 누구⋯⋯?"

예전과 달리 홀로 침상에서 자다가 설무백이 슬쩍 날린 가벼운 경기에 뺨을 맞고서 기겁하며 깨어난 정정보는 제대로 일어나지도 못한 채 등을 침상머리에 붙이고 사방을 두리번거렸다.

누군가 있다는 것은 알지만, 눈이 아직 어둠과 동화되지 않아서 아무것도 볼 수 없는 것이다.

설무백은 상관하지 않고 말을 붙였다.

"나야. 누군지 알지?"

사색으로 변한 정정보의 얼굴이 설무백을 향해 돌려졌다.

아직도 여전히 눈에 보이는 것이 없는지 잔뜩 오만상을 찡그리고 있던 그의 두 눈이 대번에 경악과 공포로 가득 찼다.

영악한 사람답게 짧은 목소리만 듣고도 지금 자신에게 말을 건넨 사람이 누군지 대번에 알아차린 것이다.

"처, 천외천주?"

설무백은 웃었다.

"그래, 맞아. 기억하고 있네."

정정보가 사색으로 변한 얼굴로 말을 더듬었다.

"대, 대체 어, 어떻게……?"

설무백은 대수롭지 않게 대꾸했다.

"고작 호위 몇 명 늘린 것으로 내 발길을 막을 수 있다고 생각했나?"

"……!"

"미리 충고해 두는데, 앞으로도 그런 헛수고는 하지 마. 나는 그것이 어디든 가고 싶으면 가고, 오고 싶으면 올 수 있는 사람이니까."

정정보가 너무 분하고 억울해서 지금 자신의 처지도 잊은 듯 발끈하며 소리쳤다.

"그래서 뭔가? 대체 무슨 일로 나를 또 찾아온 게야!"

설무백은 입으로만 웃었다. 그리고 그 모습 그대로 입을 열어서 경고했다.

"한 번만 더 내가 묻지도 않은 말에 입을 열면 죽는다."

"……!"

정정보가 악다물어진 입가로 파르르 경련을 일으켰다.

참을 수 없는 분노와 거부할 수 없는 두려움이 공존하는 듯한 모습이었다.

과거의 아픔이 되살아나는 것처럼 슬며시 손을 들어서 사라져 버린, 정확히는 설무백이 잘라 버린 귓가를 매만지는 그의 모습이 더욱 그렇게 느껴졌다.

설무백의 안력은 제아무리 칠흑 같은 어둠 속에서도 그 정도는 능히 볼 수 있는 것이다.

설무백은 그런 정정보의 기색을 예의 주시하며 곧바로 용건을 꺼냈다.

"우선 첫 번째 질문. 이번 벌어진 황실의 재초에 천사교를 끌어들인 사람이 누구냐?"

정정보가 예상하지 못한 의외의 질문이라는 듯 두 눈을 끔뻑거리며 대답했다.

"황실의 재초 행사는 내명부(內命婦) 소관이다."

"그러니까 내명부의 누구?"

"그야 당연히 내명부의 수장이신 마황후께서 천거(薦擧)했을 테지."

설무백은 잠시 침묵하며 정정보의 기색을 살폈다.

정정보는 어이없다는 눈치였다.

그걸 왜 자기에게 묻느냐는 기색이었다.

"당신도 모른다는 거냐?"

정정보가 냉소를 날렸다.

"당연히 모르지. 말했지 않느냐. 황실의 재초는 내명부 소관이라고. 그건 황제폐하조차 건드릴 수 없는 일이다."

설무백은 난감했다.

정정보라면 당연히 사태의 정황을 정확히 알고 있을 것이라고, 어쩌면 정정보가 일으킨 사태일 수도 있다고 생각했는데, 전혀 그게 아닌 것이다.

'그렇다고 황후의 침실을 찾아갈 수도 없고······.'

설무백은 잠시 고심한 끝에 마음을 다잡으며 어둠에 가려진 그의 모습을 제대로 보고 싶은 듯 연신 눈을 부라리고 있는 정정보를 향해 다시 물었다.

"이번 재초 행사를 주관한 천사교의 방술사들과 연락이 닿나?"

정정보가 코웃음을 날리며 대꾸했다.

"어림도 없는 소리. 황실의 재초 행사는 내명부 소관이라고 말했잖느냐. 하물며 이번 재초는 황실의 안녕과 번영을 위한다는 명목으로 급하게 성사된 것이라 황제폐하께서도 나중에 아셨다. 그처럼 황제폐하조차 관여하지 못하는 일을 내가 어찌 관여할 수 있단 말이더냐. 절대 가당치 않은 일이다."

설무백은 가뜩이나 예상이 어긋나서 기분이 좋지 않은 참인데 윽박지르는 듯한 정정보의 대꾸에 더욱 기분이 상해서 한순간 눈에 힘을 주며 경고했다.

"이번엔 코를 날려 줄까?"

"······!"

정정보가 움찔해서 다급히 두 손으로 자신의 코를 감싸며

자라목을 했다.

설무백은 짐짓 싸늘한 어조로 재우쳐 물었다.

"누가 그들과 연락이 닿을까?"

정정보가 두 손으로 코를 잡은 채로 대답했다.

"그야 당연히 마황후……!"

"그다음!"

"……오 상궁(吳尙宮)이라면 알 거다."

"오 상궁……?"

"황후를 최측근에서 보필하며 상궁이다. 중궁(中宮)을 안내하고 사기(司記)와 전언(典言)까지 통솔하는 황후궁의 거의 모든 권력을 쥐고 있지."

"거처는?"

정정보가 문득 비릿한 미소를 입가에 머금었다.

"찾아가지 않는 것이 좋을 걸 아마?"

"어째서?"

"황제폐하의 총애를 받고 있는 상궁이거든. 하물며 황후께서도 인정해 주시는 그런…… 조만간 최소한 귀비(貴妃)의 자리에 오를 귀한 분이신데, 언제 나중에라도 문제되지 않겠어?"

황제는 본처인 황후 아래 얼마든지 많은 후궁을 둘 수 있다.

다만 그들 사이에는 엄연히 서열이 존재해서 후궁이라도 다 같은 후궁이 아니다.

그리고 귀비(貴妃)는 그중에서 세 번째 후궁으로, 위로는 고작 본처인 황후와 두 번째 후궁인 황귀비(皇貴妃)밖에 없으며 아래로 소위 비빈(妃嬪)이라 불린 네 명의 비(妃)와 여섯 명의 빈(嬪), 또한 정비(正妃)가 아니라 무재한의 후궁인 귀인(貴人)과 상재(常在), 답응(答應) 등의 서비(庶妃)를 거느리게 되는 매우 높은 지위의 후궁이다.

소위 베갯머리송사를 통해서 얼마든지 황제를 쥐락펴락할 수 있는 높은 지위의 후궁이라는 것인데, 일개 야인에 불과한 그가 무턱대고 찾아갔다가는 정정보의 말마따나 언제든지 문제가 될 수 있었다.

'그런데……?'

정정보는 왜 굳이 그에게 그와 같은 경고를 해 주는 것일까? 정정보에게 그는 아군이 아니라 적이다.

그것도 씹어 먹어도 시원찮을 적이라 도움을 줄 이유가 전혀 없는 것이다.

'도발인가? 일종의 격장지계(激獎之計)?'

설무백은 그저 웃었다.

정정보가 어떤 술수를 부리는 것이든지 간에 그가 넘어갈 일은 없었다. 지금 그는 당장에 오 상궁을 찾아갈 마음이 전혀 없었기 때문이다.

"고맙군. 그런 걱정까지 다해 주고. 그 성의가 가상해서라도 내가 포기하도록 하지."

정정보가 대수롭지 않게 어깨를 으쓱했다.

"뭐, 그러던지."

설무백은 쓰게 입맛을 다셨다.

과연 정정보의 심계는 보통이 아니었다.

아무리 봐도 그 속을 알 수가 없었다.

생각이 거기에 이르자, 그는 순간적으로 달려들어서 정정보의 뒤통수를 손바닥으로 한 대 갈겼다.

짝―!

경쾌한 소음이 울렸다.

"헉!"

자신의 의지와 무관하게 고개를 숙이며 신음을 토한 정정보가 발딱 고개를 쳐들며 말을 더듬었다.

"이, 이게 무, 무슨 짓이냐?"

설무백은 어느새 본래의 자리로 돌아와서 그런 정정보를 쳐다보며 아무렇지도 않게 말했다.

"그냥. 너무 얄미워서."

"……!"

정정보가 정말이지 어처구니가 없다는 듯 두 눈을 부릅뜨며 설무백을 노려보았다.

하지만 그저 잡아먹을 듯이 노려볼 뿐 그가 할 수 있는 것은 아무것도 없었다.

설무백은 그런 정정보를 쳐다보며 손을 흔들어 주었다.

그리고 한순간 환상처럼 그 자리에서 사라졌다.

"그럼 오늘은 이만…… 필요한 것이 있으면 나중에 다시 또 올 거니까, 아까 말한 대로 쓸데없는 짓은 그만두도록 해. 알았지?"

사람은 벌써 귀신처럼 사라지고 없는데 목소리는 그 자리에 남아서 정정보의 귓속을 파고들고 있었다.

정정보는 그야말로 새삼 귀신에 홀린 듯 표정으로 망연자실, 한동안 그 자리에 그대로 앉아 있다가 한참 지난 다음에야 정신을 차리며 버럭 고함을 질러서 수하들을 불렀다.

그러나 주변을 지키던 금의위는 말할 것도 없고, 지난번에 설무백이 다녀간 이후 작심하고 증원한 호위들 중 누구 하나도 방금 전에 그의 거처인 사례거숙에서 벌어진 일을 아는 자가 없었다.

정정보는 분노에 겨워서 치를 떨다가 결국 참지 못하며 그 길로 마황후의 침전(寢殿)인 교태전(交泰殿)의 상궁처(尙宮處)로 가서 오 상궁을 만났다.

그리고 둘만의 자리를 만들어서 말했다.

"결정했네! 금모원왕(金毛猿王)이라는 그 천사교의 방술사, 어디 한번 만나 보겠어!"

설무백은 황궁을 벗어난 즉시 모처에서 대기하고 있던 공야무륵 등과 합류해서 곧바로 강서성 남창부를 향해 떠났다.

이젠 설무백의 얼굴이 너무 많이 알려져서 마차를 준비해야 한다는 의견도 있었으나, 결론은 여태까지와 마찬가지로 도보를 이용한 이동이었다.

마차를 타고 장강을 건너려면 큰 배가 오가는 지극히 제한적인 지역을 통해야 하기 때문에 오히려 더 사람들의 이목을 끌 것이라는 결론이었다.

게다가 남맹과 북련은 남북대전이라는 말이 무색할 정도로 오랜 소강상태라 작금의 강호 무림은 남북대전이 벌어지기 이전과 별반 차이가 없었다.

소위 누구라도 튀는 행동만 하지 않으면 말썽이 일어날 소지가 전혀 없는 것이다.

설무백 일행의 이동이 그랬다.

다들 매사에 튀지 않으려고 조심하며 행동하자, 그들에게 관심을 주는 사람들이 없어서 별반 무리 없이 이동했고, 장강도 넘을 수 있었다.

대신 장강 인근에서는 노숙을 피할 수 없었다.

장강 인근은 어쩔 수 없는 남맹과 북련의 접경지대인지라 어느 객잔, 어느 주루를 가도 적잖은 무림인들이 기숙하고 있어서 피하는 것이 상책이었다.

그런 여유로 도심과 거리가 먼 안휘성의 남서부 끝자락의 이름 모를 나루터를 통해서, 그것도 인적이 드문 야밤을 이용해서 장강을 건넌 다음에 일찌감치 맞이한 두 번째 노숙이었다.

요미가 잡목을 모아서 모닥불을 피우는 설무백의 곁에 쪼

그리고 앉아서 툴툴거렸다.

"아무리 생각해도 그가 모른다는 것은 가당치 않아요. 거짓
말이 틀림없어요. 그자가 황제 다음 가는 권력을 가진 황궁의
실세라면서요? 내명부는 무슨 황궁 밖에 있어요?"

사례태감 정정보를 두고 하는 말이었다.

황궁에서 돌아온 설무백의 설명을 듣고 다들 말없이 수긍
하며 넘어갔으나, 그녀만은 달랐다.

처음부터 정정보의 진위를 의심했고, 그에 대한 설무백의
부연을 듣고 나서야 겨우 넘어갔다.

지난 사흘 내내 잠잠하기에 진심으로 수긍했나했더니만,
이제 보니 그게 아니었다.

그녀는 그저 참고 있었던 것이다.

설무백은 정말 귀찮다는 표정으로 한숨을 내쉬며 요미를 바
라보았다.

그간 매사에 불신을 앞세우며 모난 돌처럼 구는 그녀의 태
도를 한두 번 겪은 것이 아니라 이력이 나고 인이 배겨서 이젠
아주 심드렁했으나, 그렇다고 그냥 넘어갈 수는 없었다.

스스로 납득하지 않으면 절대 물러나지 않는, 설령 물러났
다고 해도 진심으로 물러난 것이 아닌 그녀의 성격을 익히 잘
알고 있기 때문이다.

그는 이 고집쟁이 소녀를 어떻게 납득시켜야 할지 잠시 고
민했으나, 쉽게 답이 나오지 않았다.

정정보를 처리하는 문제는 적잖은 부분이 그가 가진 전생의 기억과 관련이 있기 때문에 더욱 그랬다.

그때 그런 그의 귓속으로 누군가의 목소리가 들려왔다.

직접 뇌리를 파고드는 목소리, 전음이었다.

-한 말씀 드려도 될까요?

백영이었다.

꼬치에 꿴 고기를 들고 와서 그가 피운 모닥불에 굽고 있던 그가 남몰래 전음을 날린 것이다.

설무백은 절로 눈이 커졌다.

백영이 어느새 전음을 사용할 수 있을 정도의 내공을 쌓았다는 사실이 놀라워서였다.

그는 애써 내색을 삼가며 물었다.

-가인이냐?

-어떻게 아셨어요?

-가환이는 너처럼 허락을 받고 말하는 섬세한 성격이 아니잖아.

백영이 남몰래 웃으며 인정했다.

-그렇긴 하죠.

백영의 대꾸와 거의 동시에 요미가 미간을 찌푸리며 따졌다.

"왜 아무런 대꾸가 없어요? 지금 내 말이 말 같지 않다고 무시하는 거예요?"

설무백은 슬쩍 손을 들어 보이며 양해를 구했다.

"잠시만 생각 좀 해 보게."

백영이 그 틈에 요미의 눈치를 피해서 재빨리 전음을 날렸다.

-어쨌거나, 정말 모르시는 것 같아서 말씀드립니다. 요미가 바라는 것은 무언가 답이나 해결책이 아닙니다. 관심이죠.

-관심?

-예, 관심이요. 그냥 봐주고 말해 주며 신경을 써 주는 것들이요.

설무백은 은연중에 미소를 지으며 불쑥 물었다.

-너 요미 좋아하냐?

-그런 거 아니니까 괜히 넘겨짚지 마세요.

-아닌 게 아닌 거 같은데? 그런 건 지속적인 관심을 가지고 유심히 지켜봐야 겨우 알 수 있는 거 아닌가?

백영이 잠시 뜸을 들이다가 매우 힘겨운 표정으로 어렵사리 말했다.

-제가 과거 어렵게 이겨 낸 감정이라 아는 거예요. 그리고 혹시나 해서 미리 말씀드리지만 저는 그럴 수 있는 사람이 아니에요. 선천적으로 여자에게 무감동한 사람이니까요.

설무백은 지금 백영의 말이 무슨 뜻인지 알아차리고는 절로 무안해졌다.

지금 백영은, 정확히는 백영이 가진 두 개의 자아 중 하나인 가인은 자신이 여자를 사랑할 수 없는 남색가(男色家)라는 것을 밝힌 것이다.

―알았다. 참고하마.

설무백은 애써 무심하게 대꾸했다.

그리고 내내 대답을 기다리고 있다는 듯 뚫어지게 자신을 바라보는 요미와 시선을 맞추며 불쑥 물었다.

"요미야, 너는 나를 믿지?"

"당연하죠."

밑도 끝도 없이 건넨 질문임에도 불구하고 요미의 대답은 추호도 망설임이 없었다.

설무백은 만족하며 본론을 꺼냈다.

"좋아. 그럼 우리 이렇게 하자. 이제부터 너는 내가 하는 모든 일을 그냥 믿는 거야. 설령 그게 지나가던 개가 다 웃을 정도로 황당하고 어처구니가 없어 보이는 일일지라도 너만은 그냥 믿어 버리는 거야. 이번에도, 그리고 앞으로도 계속."

그는 한결 목소리에 힘을 주어서 부연했다.

"내가 하늘이 노랗다고 말했다면 노란 거야. 설령 내가 실수로 그렇게 말했다손 치더라도 너만큼은 그냥 정말로 그렇게 믿어 버리는 거야. 잘못 말했을 거라고 생각하느니 차라리 하늘이 노랄 수도 있는 이유를 따져 보는 거지."

그는 말미에 활짝 웃으며 재우쳐 물었다.

"어때? 할 수 있겠냐? 아니, 그렇게 해 주겠냐?"

요미는 다른 누가 들어도 황당하기 짝이 없는 강요를 들었음에도 불구하고 기꺼운 표정으로 미소를 지었다.

그녀는 그의 말속에서 자신만의 행복을 찾아냈기 때문이다.

"나만은, 나만큼은 말이지?"

그녀는 이어서 활짝 웃으며 확답했다.

"알았어. 약속해. 이제부터 틀림없이 그렇게 할게. 그런데……?"

그리고 조심스럽게 물었다.

"그때마다 물어보는 건 되지?"

설무백은 기분 좋게 대답했다.

"그야 물론이지."

요미가 이때다 싶은 표정으로 물었다.

"그럼 지금 하나만 물어볼게. 괜찮죠?"

설무백은 본의 아니게 움찔했다.

문득 요미의 입에서 그가 감당하기 어려운 엉뚱한 질문이 나올 수도 있다는 생각이 들었기 때문이다.

요미가 웃는 낯으로 그런 그를 바라보며 얄밉도록 천연덕스럽게 말했다.

"괜히 긴장하지 마요. 쓸데없이 이상한 거 안 물어볼 테니까."

설무백은 내심 고소를 금치 못했다.

전에 없이 얼굴도 조금 붉어졌다.

마냥 어리게만 봤던 요미가 그의 속내를 읽고 놀리는 것 같아서 망신을 당한 기분이었다.

그는 애써 그런 내색을 감추며 물었다.

"궁금한 게 뭔데?"

"지금 우리가 모용세가로 가는 이유요."

요미가 보란 듯이 진지해진 태도로 잘라 물었다.

"천사교가 황궁의 인정을 받았기 때문에 설령 모용세가와 그들이 한패라고 해도 이제 우리가 나설 명분이 부족하다고 했잖아. 그런데 왜 다시 그들을 찾아가는 거죠?"

사실 이건 요미가 설무백을 제외한 모두를 대변해서 건네는 질문이었다.

다들 아직 설무백에게 다시금 모용세가를 찾아가는 이유를 듣지 못한 것이다.

설무백은 내심 대답하기 거북한 질문이 나올까 봐 걱정했는데, 다행히 예상과 다른 질문이라 한시름 놓으면서도 못내 은연중에 요미를 쏘아보았다.

이건 또 이것대로 놀림 받는 것 같은 기분이었다.

이상한 질문을 할 것처럼 분위기를 조성해서 잔뜩 긴장하게 만들어 놓고 정작 다른 질문을 하니, 그런 느낌이 들지 않을 수 없었다.

아니나 다를까.

"히히……!"

요미가 의미심장한 웃음을 흘려서 설무백을 놀리려고 의도적으로 그랬음을 알렸다.

설무백은 그냥 안면몰수하고 그녀의 머리를 한 대 쥐어박으며 이유를 밝혔다.

"정정보와 천사교가 아무런 관계없다는 것이 확실해 보여서 그래."

이번 황실의 재초 행사는 전적으로 내명부가 주관해서 황제조차 나중에 통보만 받았을 정도로 전혀 관여하지 않았다고 했다.

그것은 결국 그 어떤 경로를 통해서든지 간에 천사교가 누군가의 주청을 통해 황제의 재가(裁可)를 받아서 문파든 혹은 교단으로든 정식으로 인정을 받으려면 아직 적잖은 시간이 필요하다는 뜻이었다.

설무백은 그와 같은 사정을 설명해 주며 지나가는 말처럼 가볍게 덧붙였다.

"최소한으로 잡아도 사나흘은 걸릴 거야. 모용사관의 예상이 사실이라면 얼마든지 모용세가를 뒤집어엎어 놓을 수 있는 시간이지."

말을 끝낸 설무백은 문득 고개를 돌려서 어둠에 잠겨 있는 한쪽 방향을 바라보았다.

순간, 왜 그러지 하는 표정으로 고개를 갸웃하던 요미가 눈을 빛냈다.

다들 그와 거의 동시에 태도가 달라졌다.

모닥불에 거치대를 만들어 놓고 꼬치에 꿴 고기를 굽고 있던 백영이 안색을 바꾸며 일어나고, 건너편에 쪼그리고 앉아서 불쏘시개로 연신 모닥불을 살피던 흑영도 동작을 멈추며 그 뒤를 따랐다.

어디선가 건초를 구해 와서 모닥불과 조금 떨어진 자리에다가 정성껏 잠자리를 만들던 혈영이 어느새 설무백의 곁으로 자리를 이동했다.

그리고 저만치에서 각기 한아름의 장작더미를 들고 오던 공야무륵과 위지건이 그 자리에 장작더미를 뿌려 놓고 손을 털었다.

당연하게도 그 모든 반응은 설무백의 말과 무관한 것이었다.

누군가 그들을 향해 다가오고 있었다.

저마다 약간의 차이는 있었으나, 모두가 거의 동시에 다가오는 누군가의 기척을 감지하며 반응한 것이다.

물론 그들이 그저 누군가가 다가오는 인기척을 느꼈다고 해서 지금과 같은 반응을 보일 리는 만무했다.

그들을 향해 다가오는 기척은 다수였고, 일체의 소음을 죽인 채 은밀하게 다가오고 있었으며, 살기까지는 아니어도 강렬한 적개심을 내포하고 있었다.

우연찮게 지나가는 무리가 아니라 분명하게 그들을 향해 다가오는 무리, 그것도 상당한 수준의 무공을 익힌 무림인들인 것이다.

다음 순간, 혈영이 물거품이 터져서 없어지는 것처럼 그 자리에서 사라졌다.

은연중에 혈영과 시선을 맞춘 백영과 흑영도 그 순간에 모습을 감추었다.

늘 그렇듯 보다 더 확실한 설무백의 경호를 위해서 암중으로 자리를 옮긴 것이다.

그러고 보면 매사에 지금처럼 바늘구멍 하나 없을 것처럼 철저하게 구는 혈영이 유독 요미는 마음대로 하라는 듯 제재하지 않고 풀어 두는 것이 신기했다.

지금도 요미는 허랑한 태도로 설무백의 곁에 붙어 있는 것이다.

이젠 설무백도 그러려니 하며 그저 웃고 말았다.

그런 그의 방만한 행동과 달리 적잖게 긴장한 모습인 공야무륵이 곁에 서 있던 위지건을 슬쩍 당겨서 자리를 바꾸며 말했다.

"어디 애들인지는 몰라도 이쪽이 정예들인 것 같네요."

다수의 무리가 두 방향에서 접근하고 있는 것이고, 그중 지금 그가 나선 방향이 정예들이라는 소리였다.

설무백은 픽, 웃으며 말했다.

"그쪽은 아냐."

"예?"

공야무륵이 절로 미간을 찌푸렸다.

대체 뭐가 아니라는 것인지 모르겠다는 표정이었다.

공야무륵의 입장에서는 그럴 만도 한 것이, 지금 그는 자신
이 마주선 방향과 위지건이 마주선 방향 양쪽 모두에게서 상
당한 적개심을 느끼고 있었다.

그러나 공야무륵은 이내 설무백의 말이 옳았다는 것을 확
인하게 되었다.

비스듬한 두 방향에서 은밀하게 다가오는 무리가 이내 지
근거리로 다가서며 모습을 드러냈기 때문이다.

각기 오십여 명으로 보이는 그들, 두 무리는 저마다 기마병
처럼 말을 타고 있었다.

은밀한 접근을 위한 듯 말을 달리지 않고 걷게 해서 다가온
것인데, 그들은 저마다 너무나도 강렬한 특징을 가지고 있어
서 대번에 정체를 알아볼 수 있었다.

우선 위지건의 전방으로 다가오는 자들은 남맹의 무리였다.
분명 은밀하게 다가오면서도 정체까지 숨겼다는 소리는 듣기
싫었기 때문인지 선두의 사내 하나가 남맹을 상징하는 깃발을
들고 있었던 것이다.

다만 공야무륵은 그 깃발이 아니더라도 그들의 정체를 대
번에 알아보았을 터였다.

그들 무리에 낯익은 얼굴들이 있었다.

지난날 남경 응천부의 기원인 가가원에서 인연을 맺은 신마루의 귀수공자 담각과 생사천의 벽사검룡 과무기 등이 바로 그들이었다.

그러나 공야무륵은 단 한 사람 때문에 남맹의 무리와 담각 등의 존재를 외면하게 되었다.

바로 그의 전방에서 다가오는 무리를 선두에서 이끄는 사내 하나가 바로 그 주인공이었다.

"어이, 형제! 장강을 건너면서 그냥 가면 이 형제가 너무 섭섭하잖아 형제!"

활짝 웃는 낯으로 설무백을 향해 손을 흔드는 사내, 크지도 작지도 않은 육 척의 신장에 무엇으로 만들었는지는 몰라도 유난히 붉은 빛이 나는 가죽옷을 걸친 미남자인 그 사내는 바로 장강수로십팔타의 총타주인 하백이었다.

─남맹의 금검사자대(金劍獅子隊)입니다. 강남칠패의 후기지수들만 추려서 구성했다는 남맹의 별동대지요.

혈영의 전음이었다.

설무백은 그와 상관없이 이미 그들의 정체를 알아보았다.

혈영의 말마따나 강남칠패의 후기지수들만 추려서 조직한 금검사자대는 비록 최근에 구성되는 바람에 단 한 번의 전투도 치르지 않았음에도 불구하고 명성이 하늘을 찔러서 모를 수가 없었다.

'대주가 바로 구양세가의 장남인 십전옥룡 구양일산이지 아

마?'

십전옥룡 구양일산은 전부터 설무백이 관심을 가지고 지켜보는 인물 중 하나였다.

낭중지추 (囊中之錐)라, 주머니 속의 송곳이 빠져나오지 않을 수 없는 것처럼 능력과 재주가 뛰어난 사람이 두각을 나타내지 않을 수 없는데, 십전옥룡 구양일산이 나중에 그와 같은 전례를 깨 버렸기 때문이다.

이후 벌어지는 몇 차례의 전투를 통해서 총사인 철혈검 남궁유아와 더불어 남맹의 총아로 불리게 되는 십전옥룡 구양일산은 왠지 모르게 환란의 시대를 앞두고 소리 소문 하나 없이 사라져 버렸던 것이다.

다만 설무백은 금검사자대의 선두로 나선 마상의 구양일산을 한 번 확인했을 뿐, 이내 외면했다.

그의 눈에 구양일산보다 그 곁의 마상에 앉은 낯익은 사내들이, 바로 신마루의 담각과 생사천의 과무기, 그리고 무엇보다도 쾌활림의 장손무길이 더 크게 들어왔기 때문이다.

'아직인가?'

설무백은 쾌활림의 장손무길을 보며 내심 고개를 갸웃거렸다.

세간에 알려진 바, 강호 무림의 서열은 사마의 아래인 오왕의 하나지만 실질적인 무력은 사마와 어깨를 견주거나 오히려 압도할 것이라는 쾌활림주 암왕 사도진악은 세 명의 제자를 두었다.

첫째는 호방한 대인을 표방하는 야망가인 비연검룡(飛鳶劍龍) 마천휘(馬擅輝)이고, 둘째가 바로 지금 나타난 사내, 타고난 과격함을 계산적인 인내로 보충하는 독이수룡 장손무길, 셋째는 흉포한 성정을 음침하게 드러내는 독안귀룡(獨眼鬼龍) 위경(圍璟)이었다.

사도진악은 그들에게 저마다 쾌활림의 정예들로 구성한 세 개의 조직을 하나씩 맡기고, 자신은 친위인, 하지만 나중에 쾌활림의 중핵으로 자리매김하는 흑사자대만을 품은 채 나 몰라라 방임하였다.

고래로부터 흑도의 종주(宗主)들이 주로 채택한 전통적인 방법으로, 즉 사사로운 감정을 억제하며 제자들을 완전 경쟁시켜 약자를 도태시키는 수법으로 쾌활림을 키우고 후계자를 양성했던 것이다.

그리고 그 결과로 지금 설무백의 눈앞에 있는 사내, 그가 이생에서 우연찮게도 두 번이나 마주친 장손무길이 가장 먼저 죽어서 사라져 버린다.

그것도 사도진악이 제자들에게 저마다 쾌활림의 정예들로 구성한 조직을 하나씩 맡기겠다고 선언한 바로 그다음 날 맞이한 어이없는 죽음이었다.

원인이 밝혀지지 않은 사망이나, 당시 쾌활림의 모두가 같은 생각을 했다.

분명이 누군가의 암살이었다.

요컨대 설무백이 불만과 위기감이 팽배해서 작심하고 쾌활
림을 이탈한 시점에는 장손무길이 이미 죽어서 없었고, 첫째
인 비연검룡 유적과 셋째인 독안귀룡 위경이 드러나지 않는
음모와 암계를 통한 치열한 후계자 싸움을 벌이고 있을 때였
던 것이다.

설무백이 지난번 장손무길을 만났을 때, 굳이 감정을 누르
고 관심을 두지 않았던 이유가 거기에 있었다.

장손무길은 그가 손댈 필요가 없었다.

그가 굳이 손대지 않아도 얼마 지나지 않아서 다른 누군가
에게, 바로 비연검룡 유적이나 독안귀룡 위경 중 한 사람의 손
에 죽을 목숨인 것이다.

그래서였다.

설무백은 오늘도 지난번과 같은 마음으로 그에 대한 신경
을 끊었다.

하물며 남맹의 금검사자대도 외면했다.

당연한 결정이었다.

지금 이 순간만큼은 다른 무엇보다 하백을 맞이하는 것이
우선이었다.

남맹의 금검사자대를 보다 수월하게 내치기 위해서라도 하
백과의 친분을 과시할 필요가 있었다.

"뭐야? 어떻게 알고 왔어?"

하백의 뒤에는 장강칠웅의 두 사람은 무풍마간 백천승과 음풍노사 황무 이하, 오십여 명의 사내들이 따르고 있었다.

백천승과 황무는 차치하고, 사내들은 모두가 하나같이 몸에 착 달라붙어서 물질이 자유로운 푸른색의 수복(水服)을 걸치고, 손에는 송곳보다는 크고 길지만 송곳보다 더 뾰족한 아미자를 든 장강수로십팔타 총단의 정예들이었다.

백천승과 황무를 비롯한 그들 모두가 설무백을 향해 일제히 고개를 숙이며 공수하는 것으로 더 없이 정중한 예를 취하는 가운데, 하백이 짐짓 눈을 부라리며 말했다.

"야, 우리도 눈 있고, 귀 있어. 작정하고 숨어들면 몰라도 어설프게 고개만 숙이고 이동하면 다 내게 들어오게 되어 있다고."

설무백은 자못 멋쩍은 표정을 지었다.

"우리가 그랬나?"

"그랬어."

하백이 당연하다는 듯이 바로 대답하며 슬쩍 남맹의 금검사자대를 턱짓으로 가리키며 덧붙였다.

"그러니까 쟤들도 이리 한달음에 달려온 거잖아."

"그런가?"

설무백은 대수롭지 않게 대꾸하고는 이내 하백에게 눈치를 주며 다시 말했다.

"그럼 그런가보다 하고 넘기지 남세스럽게 왜 왔어? 거기

총타에서 여기가 어디라고?"

하백이 낄낄 웃으며 대꾸했다.

"총타에 있었으면 안 왔지. 총타에서 여기가 어디라고 왔겠나. 뭐 주워 먹을 게 있다고."

"그럼 어떻게 온 건데?"

"마침 여기 인근에 볼일이 있었어."

"어떤 볼일?"

"어떤 개 잡종 같은 쥐새끼들이 이쪽 어디 강변에 숨어서 우리 애들 뒤치기를 해서 말이야."

"그래 그 개 잡종 같은 쥐새끼는 잡았고?"

"잡았지. 당한 애들에게 보여 주려고 대가리만 따서 돌아가는 중이었는데, 마침 형제가 이쪽 어디로 갔다는 소식을 듣고 이렇게 달려왔지. 오랜만에 술이나 한잔할까 하고. 감격스럽지 않냐? 흐흐흐……!"

"퍽이나. 너무 감격스러워서 눈물이 다 나려고 한다."

설무백은 더 없이 친근하게 다가서는 하백의 태도에 동화되어 농까지 해 가며 살갑게 하백을 맞이할 수 있었다.

그는 그리고 나서야 슬쩍 양해를 구했다.

"그럼 잠시만 기다려. 아무래도 잘못 찾아온 사람들 같기는 하지만, 혹시 모르니 확인은 해야지."

하백이 마음 놓고 일을 보라는 듯 웃는 낯으로 어깨를 으쓱하며 마상에서 내려왔다.

백천승과 황무를 비롯한 장강의 정예들이 그 뒤를 따라서 일제히 하마했다.

　설무백에게는 얼마든지 기다릴 수 있다는 태도로 보였다.

　하지만 금검사자대에게는 우리가 기다리고 있다는 무언의 시위로 보일 행동이었다.

　금검사자대의 대주가 누구고, 구성원은 또 누구인지 뻔히 아는 하백이 시종일관 노골적으로 그들에게 시선조차 주지 않고 있어서 더욱 그런 느낌이 강했다.

　실제로 금검사자대 따위는 안중에도 없을 하백이지만, 그래도 이렇게 대놓고 무시하는 것은 전적으로 설무백을 도우려는 취지가 분명했다.

　설무백은 그저 속으로 웃으며 금검사자대를 향해 돌아서서 선두의 마상에 앉은 구양일산을 바라보았다.

　그리고 천연덕스럽게 물었다.

　"지나가는 길로 보이지는 않는데, 대체 누굴 찾아온 거요?"

　구양일산은 팔뚝이 드러나는 짧은 백삼(白衫)을 입고 이마에 백건을 두른 사내였다.

　이목구비가 뚜렷해서인지 실제 나이인 서른두 살보다 어린 이십 대 초중반으로 보이는 외모의 미남자인데, 눈빛이 아주 차고 맑은 것이 이채로웠다.

　그런데 목소리는 전혀 딴판이었다.

　처음에는 하백의 등장에 놀라고, 이어 하백과 설무백의 격

의 없는 대화에 당황한 듯 이리저리 눈동자를 굴리며 마상에
서 내려와 있던 구양일산이 급히 공수하며 입을 열자 굵은 저
음의 목소리가 흘러나왔다.

"우리는 남맹의 휘하인 금검사자대고, 본인은 금검사자대
를 이끄는 구양일산이라고 하오."

설무백은 무심하게 말을 잘랐다.

"역시 잘못 찾아온 것 같소. 나는 귀하를 처음 보고, 앞으로
도 볼 이유가 없는 사람이오."

구양일산이 재빨리 말을 받았다.

"아니오. 본인도 귀하를 오늘 처음 보지만, 귀하가 풍잔의
객주인 흑포사신 설무백이라면 나는 제대로 찾아온 것이오."

설무백은 냉정하게 물었다.

"어째서 그렇소?"

구양일산이 웃는 낯으로 대답했다.

"우리 남맹은 이미 여러 곳에서 귀하와 얽혔고, 본인은 차
제에 그 부분을 원만하게 해결하라는 맹주님의 명령을 받았기
때문이오."

설무백은 고개를 갸웃했다.

"차제에라니, 지금이 대체 어떤 차제라는 거요?"

구양일산이 대답했다.

"귀하가 지금 이렇게 강남으로 넘어오질 않았소."

설무백은 삐딱하게 구양일산을 바라보며 웃었다.

비웃음이었다.

"귀하는 마치 강남의 주인이라도 되는 것처럼 말하고 있구려. 나는 북련과 남맹이 싸운다고 해서 내가 강북이나 강남의 땅에 들어서기 위해서 다른 누구의 허락을 받아야 한다고는 전혀 생각하지 않소."

구양일산이 부드러운 미소를 지으며 손사래를 쳤다.

"오해 마시오. 그런 의미로 말한 것이 아니오. 본인은 그저……."

"아니면 그것으로 됐소."

설무백은 냉정하게 말을 자르고 덧붙였다.

"나는 이유 여하를 막론하고 더 이상 그 어떤 강호 무림의 세력과도 얽히고 싶지 않고, 거기엔 북련이나 남맹도 예외가 아니오. 그러니 그만 돌아가 주시오."

구양일산이 애써 미소를 지우지 않으며 서둘러 입을 여는데, 참지 못하고 먼저 나서는 자들이 있었다.

"돌아가 주시오? 건방진 새끼가 보자보자 하니까 아주 머리위로 기어오르는구나!"

"저런 미친놈……! 그러게 소제가 뭐라고 했소! 저놈은 곱게 다룰 놈이 아니라고 하질 않았소!"

귀수공자 담각과 벽사검룡 과무기였다.

그들과 함께인 독이수룡 장손무길은 한술 더 떠서 당장이라도 튀어나갈 태세로 칼자루를 잡아가고 있었다.

구양일산이 기민하게 한손을 옆으로 내밀어서 장손무길을 앞을 막았다.

그다음에 이제 더는 미소가 자리하지 않은 얼굴로 담각과 과무기를 쓸어 보며 싸늘하게 말했다.

"지금 여기가 너희들이 나설 자리냐? 너희들이 나설 자리라면 왜 내게 이 자리에 왔을까?"

담각과 과무기의 얼굴이 파랗게 질렸다.

상대적으로 변화의 폭은 적었으나, 장손무길도 정색하며 깊이 고개를 숙였다.

"죄, 죄송합니다, 형님!"

"형님?"

구양일산이 이제야 말로 북받치는 화를 참기 어렵다는 듯 지그시 어금니를 악물며 담각 등을 바라보았다.

그는 입술만 웃고 있을 뿐, 얼굴은 전혀 그렇지 않은 모습이었다.

"이젠 공과 사도 구분하지 못하나?"

담각 등이 누가 먼저랄 것도 없이 동시에 고개를 숙이며 용서를 빌었다.

"죄송합니다, 대주!"

구양일산이 잠시 그런 그들을 노려보다가 이내 애써 입가에 미소를 지으며 설무백을 향해 시선을 돌렸다.

"사실 본인이 이렇게 귀하를 찾아온 것은 맹주님의 명령에 따라 한 가지 제안을 하기 위해서요. 그게 뭐냐 하면……!"

설무백은 귀찮다는 듯 오만상을 찡그리며 단호하게 말을 잘 랐다.

"사람 말을 잘 안 듣나 보지? 아니면 내 말이 말 같지 않은 건가? 내가 분명 더 이상 그 어떤 강호 무림의 세력과도 얽히 고 싶지 않다고 말했을 텐데?"

구양일산의 눈썹이 꿈틀했다.

처음으로 안색도 바뀌고 입술도 하얗게 변했다.

불쾌함을 넘어선 분노가 여실히 느껴지는 모습이었는데 그 는 용케도 화를 내지 않고 슬쩍 하백을 일별하며 말꼬리를 잡 았다.

"설마 장강수로십팔타는 무림의 세력이 아니라는 거요?"

설무백은 가볍게 웃는 낯으로 되물었다.

"더 이상이라는 말의 의미를 모르나? 설명해 줄까?"

구양일산의 안색이 이제야말로 붉게 변했다.

분노에 앞선 수치심의 발로일 것이다.

당장에 욕이라도 뱉어 낼 것 같은 기색의 얼굴이었다.

설무백은 보란 듯이 웃는 낯으로 그를 바라보며 훈계조로 다시 말했다.

"이봐, 구양 대주. 협상에 나섰을 때 동료나 수하를 엄하게 추궁해서 상대방의 마음을 약하게 하는 수작은 나도 예전에 종종 써서 재미 좀 봤어. 지금 어디서 약을 파나?"

앞서 보란 듯이 담각 등을 추궁한 구양일산의 행동을 짚고 넘어가는 것이다.

구양일산의 안색이 붉다 못해 시커멓게 변했다.

설무백은 상관하지 않고 계속 말했다.

"각설하고, 지금 구양 대주가 결정할 것은 딱 두 가지뿐이야."

그는 손가락 하나를 들어서 자신을 가리켰다.

"싸울래?"

그는 손가락을 돌려서 앞서 구양일산 등 금검사자대가 온 방향을 가리켰다.

"아니면 그냥 꺼질래?"

구양일상의 두 눈이 이글이글 타올랐다.

담각과 과무기 등을 위시한 금검사자대의 모든 대원들이 그와 같이 눈에 불을 키고 있었다. 다들 명령만 떨어지면 그야말로 득달같이 뛰쳐나갈 기세였다.

설무백은 그러거나 말거나 입가의 미소를 한결 더 짙게 드리운 채 팔짱을 꼈다.

하백이 정말 흥미롭다는 표정을 지으며 소리가 나도록 손바닥을 비볐다. 그러는 그의 손바닥 사이에서 대장간의 불똥 같은 것이 튀었다.

흥미로운 것은 흥미로운 것이고, 대비는 대비인 것이다.

그는 만일의 경우 설무백을 돕기 위해서 이미 상당한 내공을 끌어 올리고 있었던 것이다.

그리고 그건 하백의 뒤에 늘어선 무풍마간 백천승과 음풍노사 황무 이하 장강의 정예들 역시 조금도 다르지 않았다.

그들은 이미 저마다 알게 모르게 병기의 손잡이를 잡은 채 구양일산과 담각 등 금검사자대의 정예들을 전장에서 마주친 적이라도 되는 것처럼 잡아먹을 듯이 노려보고 있었다.

구양일산이 그런 그들을 천천히 둘러보았다.

광망으로 이글거리던 그의 두 눈이 찬물을 끼얹은 모닥불처럼 서서히 가라앉고 있었다.

이윽고, 그는 찬바람을 일으키며 돌아서서 마상에 올랐다.

"오늘은 내가 졌소!"

그는 말머리를 돌리기 전에 설무백을 직시하며 냉정하게 말했다.

"하지만 다음에도 또 이길 수 있을 거라는 생각은 절대 하지 마시오!"

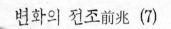
변화의 전조前兆 (7)

"지랄!"

하백은 어둠 속으로 멀어지는 구양일산 등을 주시하며 코
웃음을 날렸다.

"정신 승리도 저 정도면 전설급이다. 나 같으면 차라리 이기
든 지든 그냥 여기서 한판 하고 말겠다. 정말 저러고 싶을까?"

설무백은 특유의 미온한 미소를 드러내며 의미심장하게 말
을 받았다.

"절대 저러고 싶지 않았겠지."

하백이 시선을 주며 고개를 갸웃했다.

"무슨 소리야?"

설무백은 새삼 구양일산 등이 사라진 방향을 일별하며 말했

다.

"일부러 심하게 찔러 본 건데, 악착같이 참고 넘기네. 보통이 아니야. 앞으로 보다 더 눈여겨봐야겠어."

"그런 거였어?"

"아니면 내가 쟤들하고 싸워서 무슨 이득을 보겠다고 그리 까불었겠어?"

"뭐야? 나는 형제에게 딱 적당한 건방이라고 생각했는데, 그게 아니었던 거야?"

하백이 멋쩍어진 낯으로 대답하다가 이내 새삼스럽게 고개를 갸웃거렸다.

"사실이 그렇다면 저 녀석은 그걸 알고 참은 걸까, 모르고 참은 걸까?"

설무백은 대수롭지 않게 대꾸했다.

"그거야 별로 중요하지 않아. 모르고 참았으면 단순히 생각이 많은 여우라고 보면 되고, 알고도 참았으면 그저 신중한 너구리라고 알면 되니까."

"으헤헤헤……!"

하백이 특유의 웃음을 터트렸다.

"결국 어떻게 봐도 하찮은 짐승이라 이 소리린데, 세상천지를 다 뒤져도 십전옥룡 구양일산을 그렇게 말하는 사람은 우리 형제밖에 없을 거야. 내가 이래서 우리 형제를 좋아라 한다니까. 으헤헤헤……!"

"괜한 소리 그만두고······."

설무백은 피식 웃으며 말을 끊고는 재우쳐 물었다.

"정말 뭐야? 감히 장강 식구들의 뒤치기를 하는 자들이 있다는 것도 그렇고, 설사 그런 자들이 있다고 해도 총타주인 하백이 직접 나선다는 것도 그렇고, 너무 이상하잖아? 대체 무슨 일이야?"

하백이 자못 과장되게 두 눈을 끔뻑이며 설무백을 바라보았다.

"이거 뭐야? 형제 지금 나 걱정해 주는 거야?"

설무백은 인상을 썼다.

"자꾸 농담할래?"

"우헤헤······!"

하백이 대번에 다시 특유의 웃음을 흘리고 나서 말했다.

"별거 아냐. 그냥 아까 말 그대로야. 약간 부연하자면 집안 단속을 하는 중이지. 전에 형제가 해 준 말도 있고, 또 그간 내가 너무 방만하게 군 것 같기도 하고 해서 말이야."

"정말 그런 거면 됐고."

설무백은 더 캐묻지 않고 인정하며 고개를 끄덕였다.

솔직히 말하면 지금 하백의 말이 전부라고는 생각되지 않았다. 분명 무언가 더 있다는 기분이었다.

하지만 설령 사실이 그렇다고 해도 하백이 이렇게까지 얘기하는데 더 파고드는 것은 예의에 앞서 자존심을 건드리는 일이었다.

경우에 따라서 예의는 무시해도 친근감의 표현으로 인정되지만, 자존심을 건드리는 것은 언제나 상처를 남긴다는 사실을 그는 익히 잘 알고 있었다.

하백이 마치 그런 그의 마음을 훤히 들여다보기라도 하듯 묘한 미소를 지은 채 자신의 어깨로 그의 어깨를 툭 치며 말했다.

"이제 보니 우리 형제 의외로 여리네. 이거 왠지 기분 삼삼한 걸 그래?"

설무백은 짐짓 인상을 썼다.

"나 그냥 가?"

"아냐, 아냐. 그냥 하는 소리야."

하백이 재빨리 말을 자르고는 뒤쪽에 늘어선 수하들을 향해 소리쳤다.

"뭣들 하냐? 어서 술상 좀 차리지 않고!"

적어도 설무백과 술 한잔하려고 했다는 하백의 말은 사실로 보였다.

하나같이 장대한 체구를 가진 장강의 수적들이 우르르 몰려나와서 군데군데 모닥불을 크게 피우고, 가지고 온 대여섯 마리의 새끼 돼지를 통으로 구우며 그야말로 순식간에 뚝딱 술자리를 마련했다.

술 역시 그들이 가져온 십여 동이의 백주였다.

술자리가 시작되고 술이 몇 순배 돌고 나서 하백이 깜박했다는 듯 이마를 치며 말했다.

"아차차, 그러고 보니 내가 깜빡하고 있었네. 전에 형제가 말한 애 있잖아. 동곽무 그 아이 말이야. 그 아이 왜 아직도 안 보내? 마음이 변한 거야?"

설무백은 사정을 얘기해 주었다.

"내가 늦게 귀가하는 바람에 전달이 조금 늦었어. 근데, 이상하네? 그래도 벌써 교룡채에 도착할 시간이 지났는데?"

풍잔을 떠나면서 동곽무에게 전후사정을 말해 주었고, 제갈명에게도 알려 두었다.

동곽무가 주변 정리를 끝나는 대로 곧장 떠나겠다고 했으니, 제아무리 늦장을 부렸어도 시간상으로 지금쯤이면 교룡채에 도착해 있어야 했다.

하백이 그의 얘기를 듣더니 멋쩍게 웃었다.

"이런. 아무래도 나와 길이 어긋난 모양이군. 내가 달포 전에 총타를 떠나왔으니 말이야. 그래도 다른 걱정은 마. 나도 혹시 몰라서 양충에게 말해 두고 왔으니까."

설무백은 대번에 양충이 장강수로십팔타의 총타를 지키는 문지기와 같은 수채인 교룡채의 채주임을 기억해 내며 묵묵히 고개를 끄덕였다.

어지간한 관심이 없는 사람은 좀처럼 기억하지 못하는 그도 교룡채의 채주 양충은 어렵지 않게 기억할 수 있었다.

양충이 그가 관심을 가지고 지켜보는 녹림 폭호채의 소두목인 귀면도 혁천조의 최측근인 소두목 양진과 마찬가지로 독각동인이라는 별호를 가졌기 때문이다.

기실 독각동인은 황동으로 어린아이만 한 체구의 사람이 외다리로 서 있는 것처럼 만든 기문병기(奇門兵器)인데, 무게가 장난이 아니라 어지간한 힘으로는 휘두르기는커녕 들기도 어렵다.

그런데 그런 기문병기를 수적 양충과 산적 양진은 공히 독문병기로 사용하고 있어서 역시나 공히 그 무기의 이름은 독각동인이라는 별호를 얻은 것이다.

'그러고 보니 같은 양 가인데다 생긴 것도 체구도 비슷해서 형제라고 해도 믿겠네.'

설무백이 문득 그와 같은 객쩍은 상상을 하다가 혹시나 하는 마음이 들어서 하백에게 물었다.

"교룡채의 채주인 양충 말이야. 혹시 쌍둥이 아니냐?"

하백이 깜짝 놀랐다.

"형제가 그걸 어떻게 알지? 그 녀석 그거 쌍둥이야. 하도 어릴 때 수마(水魔)에 휩쓸려서 헤어지는 바람에 아직 살았는지 죽었는지는 몰라도 형제가 하나 있다고 하더군."

그는 정말 신기하다는 표정으로 물었다.

"근데, 그거 내게만 말한 건데, 도대체 형제가 어떻게 아는 거야?"

설무백은 우연도 이런 우연의 일치가 없어서 하백만큼이나
신기해했다.

일엽부평귀대해(一葉浮萍歸大海)요, 인생하처불상봉(人生何處不相
逢)이라, 물 위에 뜬 부평초가 큰 바다에 이르는 것처럼 인생
또한 어느 곳에서든지 만나게 된다고 하더니만 그게 정말 허
튼소리가 모양이었다.

"다 아는 수가 있지."

설무백은 장난처럼 어깨를 으쓱이다가 이내 조용히 덧붙여
말했다.

"아무래도 내가 그 친구 동생을 만난 것 같은데, 아직은 그
친구에게 말하지 마. 아닐 수도 있으니까."

하백이 반색하며 고개를 끄덕였다.

"부디 아닌 게 아니었으면 좋겠군. 양충 그 녀석 정말 애타
게도 찾고 다녔거든."

설무백은 짐짓 두 눈을 가늘게 좁혀서 하백을 게슴츠레하
게 바라보며 말했다.

"뭐야, 이거? 이제 보니 우리 형제 의외로 여리네. 남의 말
할 때가 아닌 것 같은데그래?"

"하여간 사소한 거 하나도 안 지려고 하지."

하백이 어이없다는 표정으로 웃으며 술잔을 들었다.

"알았다, 그래. 비긴 거로 하자."

설무백은 기꺼이 술잔을 들어서 하백이 내민 술잔과 부딪

쳤다. 그리고 술잔의 술을 단숨에 들이켜고는 빈 술잔을 내려 놓으며 자리를 털고 일어났다.

술잔의 술을 비운 하백이 어리둥절하게 바라보았다.

"벌써? 아직 술시(戌時 : 오후 7~9시)밖에 안 된 초저녁인데?"

설무백은 짐짓 눈총을 주며 말했다.

"내가 보기보다 바쁜 사람이라는 거 몰라서 그래? 우리 잘 난 형제 아니었으면 술은커녕 구양일산 얼굴도 안 마주치고 자리를 떠났을 거야."

하백이 픽 웃으며 따라 일어나서 물었다.

"무슨 일로 어디를 가는 건데?"

모르긴 해도, 이게 하백이 그에게 가장 묻고 싶었던 질문일 것이다.

설무백은 솔직하게 대답했다.

"남창부에 있는 모용세가."

"거긴 왜?"

"적일지도 몰라서."

"천사교?"

"응. 그들이 내 예상보다 더 빠르게, 그리고 파격적으로 움 직이고 있어. 그래서 그래. 수족이라면 자르려고."

하백은 더 이상 묻지 않고 설무백을 보내 주었다. 몇 마디 주고받지는 않았으나, 그는 뛰어난 사람답게 설무백의 말과 생각을 전부 다 이해한 것 같은 기색이었다.

설무백은 그 길로 발길을 재촉해서 강서성 남창부에 있는 모용세가의 장원으로 내달렸다.

하백을 만나지 않았다면 구양일산과는 얼굴도 마주치지 않고 자리를 떠났을 거라는 그의 말은 어김없는 진심이었다.

아직은 천사교가 환란의 시대를 주도하는 궁극의 적인지 알 도리가 없지만, 적어도 지금으로서는 가장 높은 가능성을 가진 세력이었다.

그런데 그들이 지금 매우 은밀한 가운데에서도 더 없이 빠르게 움직이고 있었다.

보다 정확히는 무언가 서두르는 것으로 보였다.

결국 그 바람에 전에 없던 실수를 저질러서 의도치 않게 소림과 무당이 나서는 계기를 만들었으나, 그들이 그처럼 활발하게 움직이고 있음에도 불구하고 정작 강호 무림은 잠잠한 것이 매우 눈에 거슬렸다.

특히 이번 황실의 재초 행사는 정말이지 결정타였다.

지금 이 순간에도 그들은 다른 어느 곳에서 그처럼 그가 예상하지 못하는 일을 벌이고 있을지 몰랐다.

그러니 그도 그들만큼, 아니, 그들보다 더 발 빠르게 움직여야 하는 것이다.

그래야 겨우 그들을 따라갈 수 있었다.

아직도 여전히 실체를 파악하지 못한 그들을 따라가려면 그 수밖에 없었다.

그러나 안타깝고 분하게도 그들은 설무백이 생각한 것 이상으로 빠르고 기민하게 움직였다.

그 결과로 설무백이 하백과 작별을 고하고 남창부의 모처에 자리한 모용세가의 장원을 향해서 출발한 그때, 그 순간에 천하각지에서는 수많은 사람들이 죽음의 기로에 서 있었다.

하물며 그들 모두는 천하를 좌지우지할 수 있는 인물이거나 적어도 이름만 대면 누구나 다 알 수 있는 명숙들이었다.

그리고 설무백이 알았다면 정말 어이없게도 그 시작은 바로 남경 응천부의 황궁이었다.

⚜

술시(戌時 : 오후 7~9시)가 지나가는 무렵이었다.

높이 뜬 달빛아래 구름이 흘러가며 대지의 어둠이 짙어지고 있었다.

근자에 들어 늘 그렇듯 오늘도 일찌감치 업무를 끝낸 황제는 하루도 빠지지 않고 즐기는 온욕(溫浴)을 끝내고 서둘러 침소(寢所)로 들었다.

다른 때와 마찬가지로 오늘도 몇몇 공신들이 상소(上疏)를 올려서 독대를 청했으나, 거부했다.

내일 어문청정(御門听政 : 황제가 새벽에 신하들과 함께하는 업무 회의)에서 약간의 잔소리를 감내하더라도 오늘만큼은 그래야 했다.

오늘은 황제의 간택으로 말미암아 마황후전의 상궁으로 있
다가 귀비(貴妃)의 자리로 오른 오 씨와의 첫 번째 동침이기 때
문이다.

평소 쇠잔한 느낌이던 황제의 몸에 기력이 돌며, 전에 없이
가슴이 뛰고, 얼굴에는 홍조마저 감돌았다.

회춘(回春)까지는 아니지만, 아이처럼 들뜨는 마음이 못내
흐뭇해진 황제는 애써 내색을 삼가며 침상에 누워 발치의 이
불을 들썩여 놓았다.

이제 곧 침상으로 들어올 오 귀비를 맞이할 준비였다.

기실 궁궐의 모든 여인은 저마다 각자의 궁(宮)에서 생활한
다.

그리고 설령 황제라고 해도 조모인 태황태후(太皇太后)나 모
친인 황태후(皇太后)를 알현하는 일 이외에는 그 어떤 여자의
궁으로도 직접 찾아갈 수 없는 것이 황궁의 법도이다.

하다못해 정실인 황후를 저녁에 보고 싶다고 해도 반드시
법도에 따라 사전에 정해진 절차를, 일명 녹두패(綠豆牌)의 방
식을 거쳐야만 한다.

녹두패의 방식은 이러했다.

황제는 저녁식사를 마치면서 접시에 놓인 여러 개의 패목(牌
木) 중 하나를 골라서 뒤집어 놓는다.

패목은 바로 황후를 비롯한 모든 후궁들의 명패이고, 황제
가 뒤집어 놓은 그 명패의 여인이 그날 저녁 간택이 되는 것

이다.

즉, 정실인 황후라 할지라도 자기 이름의 녹두패가 뒤집어져야 간택을 받고 황제의 침실에 들 수 있는 것인데, 이를 소행(召幸)이라고 한다.

소행을 받은 황후나 후궁들은 자신의 궁에서 나와 황제가 침실로 정한 궁의 부근에 있는 궁으로 이동해서 황제의 잠자리를 돌보는 태감의 지시에 따라 침소에 들기 위한 준비를 한다.

먼저 실오라기 하나 걸치지 않은 완전한 알몸으로 태감에게 철저한 조사를 받는다.

몸에 조금이라도 이상이 발견되면 황제의 침소에 들 수 없다.

몸에 이상이 없다면 태감은 그녀에게 긴 가운을 입히고 포대기로 감싸서 황제 침실로 데려 간다.

이때 황제는 이불을 덮고 누운 상태로 그녀를 맞이하는데, 그녀는 알몸으로 기어서 황제의 발밑의 이불을 들치고 머리를 들이밀며 들어가야 한다.

황제의 얼굴을, 바로 용안(龍顔)을 똑바로 봐서는 안 되기 때문이다.

방금 전, 황제가 발치의 이불을 들썩여 놓은 것이 오 귀비를 맞이할 준비인 이유가 거기에 있었다.

발치의 이불을 들추고 기어서 들어올 오 귀비를 보다 편하게 해 주려는 황제의 섬세한 배려인 것이다.

그리고 얼마의 시간이 지났을까?

침소 밖에서 인기척이 들리며 황제의 귀에 익은 사례태감의 정정보의 목소리가 들려왔다.

"오 귀비께서 침소에 드셨사옵니다, 폐하."

황제는 반색하며 화답했다.

"어서 들라하라."

즉시 스르르 미닫이문이 열리고 이내 다시 스르르 소리와 함께 닫혔다.

그 다음에 조금은 경직된 듯 느껴지는 호흡소리와 함께 황제의 발치를 덮고 있는 이불이 들리며 매끄러운 육체 하나가 서서히 위쪽으로 기어올라 왔다.

황제는 어쩔 수 없이 들뜬 마음으로 두 손을 내밀어서 이내 위에까지 올라온 그녀의 머리를, 정확히는 두 뺨을 보듬어 잡고 얼굴을 보았다.

그리고 절로 기겁했다.

"히익!"

황제의 발치에서부터 이불을 들추고 기어 올라온 매끄러운 육체의 주인공은 기다리던 오 귀비가 아니었다.

놀랍다 못해 두렵기 짝이 없게도 황제가 마주한 얼굴은 그 자신의 얼굴이었다.

순간, 새롭게 나타난 황제가 소름끼치게 웃으며 기다리던 황제의 목을 두 손으로 움켜잡았다.

황제는 이제 비명조차 지를 수 없게 되었다. 그런 그 황제를 보며 새롭게 나타난 황제가 웃는 낯으로 속삭였다.

"살만큼 살고 누릴 만큼 누려서 이제 가도 아쉬울 것 하나 없잖아. 그렇지?"

같은 시각.

금검사자대의 대주 십전옥룡 구양일산은 설무백을 등지고 돌아서서 남맹의 총단으로 가는 내내 심각하게 굳어진 얼굴로 침묵을 지키고 있었다.

당연했다.

지고지순한 인내를 발휘해서 내색은 삼가고 있으나, 수치도 이런 수치가 없었다.

그가 누군가?

남궁세가와 더불어 강남의 양대 무가로 손꼽히는 구양세가의 장남이다.

그리고 그간 그는 그처럼 드높은 가문의 명성에 누가 되는 행동을 단 한 번도 하지 않은 사람이다.

출도하자마자 강호의 주목을 받은 것은 가문의 후광이라고 쳐도, 오 년이 지난 지금의 그가 명실공히 천하대사를 주무르는 강호명숙의 자리에 오른 이유는 순전히 그의 능력이었다.

무공은 말할 것도 없고, 천문지리에서부터 기관지학에 이르기까지 못하는 것이 없었으며, 사교와 정치에도 능해서 무엇 하나 빠진다는 소리를 들어 본 적이 없었다.

그래서 그의 별호가 십전옥룡이었다.

오래전부터 강호의 전설가도 같은 무림세가인 구양세가의 심오막측한 비전도법에 달통해서 이미 강남 무림 최고의 도객 중 하나로 통하며, 타고난 출신과 상관없이 정숙하고 조숙하며 겸손한데다가 만사에 능통한 실력으로 말미암아 능히 천하에서도 손꼽히는 무인의 반열에 올랐다고 칭송받는 사람.

어쩌면 작금의 천하무림에서 가장 찬란하게 떠오르고 있는 젊은 태양이 바로 그, 십전옥룡 구양일산인 것이다.

그런데 그런 그가 고작 중원에서도 변방에 속하는 저 먼 감숙에서 노는 일개 흑도나부랭이에게 수모를 당했다.

'하백만 그 자리에 없었다면!'

당시에도 그랬지만, 지금도 구양일산의 생각은 여전히 같았다. 장강수로십팔타의 총타주인 하백만 그 자리에 없었다면 그는 단칼에 설무백의 목을 베어 버렸을 터였다.

설무백을 완전히 삼류나부랭이로 보고 무시하는 것은 아니었다. 범상치 않은 기도를 보면 제법 한가락 하는 고수인 것만큼은 분명했다.

그러나 그래 봤자 설무백은 변방의 흑도나부랭이고, 그 자신은 강남제일의 명문세가인 구양세가의 비전을 물려받은 무인이며, 스스로의 실력에 대해서도 상당한 자부심을 가지고 있어서 약하게 나갈 구석이 조금도 없었던 것이다.

생각할수록 더욱 분한 것이 바로 그 때문이었다.

너무 분한 나머지 이성이 마비된 것인지, 이제 와서는 하백이 곁에 있었건 말건 그냥 설무백의 목을 베어 버리는 것이 옳지 않았나 하는 후회까지 드는 구양일산이었다.

그런데 그때였다.

눈치도 없이 가뜩이나 치솟는 분기를 다스리느라 정신이 없는 그의 심기를 건드리는 자가 있었다.

"하나 물어볼 것이 있소, 대주."

독이수룡 장손무길이었다.

구양일산은 눈치도 없이 나선 장손무길를 굳이 불편한 심기를 감추지 않은 눈초리로 바라보았다.

벽사검룡 과무기, 귀수공자 담각과 함께 금검사자대의 삼대장으로 통하는 장손무길은 전부터 가문을 욕되게 하는 천방지축인 동생 구양수와 어울려 다니는 것도 모자라서 종종 버릇없이 그의 결정에 토를 다는 경우가 있어서 전부터 눈에 거슬린 까닭에 대답도 절로 퉁명스럽게 나갔다.

"그리 중요한 것이 아니라면 나중으로 미루지?"

장손무길이 물러나지 않았다.

"중요한 거요."

구양일산은 고삐를 당겨서 말을 멈추었다.

그리고 새삼 불쾌한 감정을 담은 눈빛으로 장손무길에게 턱짓을 하며 승낙했다.

"뭔데?"

장손무길이 따라서 말을 멈추며 대답했다.

"맹주의 명령은 흑포사신 설무백을 맹으로 초대하라는 거였고, 필요하다면 무력을 사용해도 좋다는 허락도 하셨소."

"그래서?"

"뜻밖에도 장강의 주인인 하백이 그 자리에 있었고, 예상치 못하게도 그가 설무백과 친분을 가졌다는 것이 놀랍기는 하나, 그 때문에 맹주의 명령을 포기하다니, 본인으로서는 매우 납득하기 어려운 일이오."

"그래서 지금 나에게 네가 납득할 수 있도록 설명을 해 달라는 거냐?"

보통의 경우 구양일산은 절대로 장손무길에게 너라는 등의 직접적인 하대를 사용하지 않았다.

그런 그가 지금 전에 없이 너라는 하대를 사용했다는 것은 불편할 정도로 착 가라앉은 목소리와 별개로 노골적인 화를 드러낸 셈이었다.

따라서 장손무길이 바보가 아니라면 본의 아니게 실수로 나섰다고 해도 이쯤에서 포기하고 조용히 물러나는 것이 상책이었다.

실제로 장손무길은 전에도 지금과 유사한 상황이 벌어지면 제아무리 분하고 억울해도 그렇게 행동했었다.

그러나 오늘의 장손무길은 그렇지가 않았다.

다른 때 같았으면 조용히 물러났을 테지만, 오늘은 그에게 그럴 수 없는 이유가 있었다.

아니, 솔직히 말하면 그러지 않아도 되는 이유였다.

기실 장손무길이 나이로든 배경으로든 그다지 자신과 별반 차이가 없다고 생각하는 구양일산의 수발을 들어주면서까지 금검사자대의 일원으로 있었던 이유는 오직 하나였다.

전적으로 사부인 사도진악에게 잘 보여서 쾌활림의 후계구도에서 선점을 차지하려는 목적이 바로 그것이었다.

그런데 이제 더는 그럴 필요가 없게 되었다.

구양일산이 맹주에게 강남으로 들어선 흑포사신 설무백의 위치를 전대들으며 즉각 데려오라는 명령을 받고 있을 때, 그는 사부인 사도진악이 보낸 전령을 통해서 자신이 쾌활림의 주력으로 평가받은 세 개의 조직 중 하나의 주인이 되었다는 소식을 전해 들었기 때문이다.

막말로 말해 지금의 그는 금검사자대에게 눈곱만 한 미련도 없는 것이다.

이제 떠나면 그만인 조직에게 무슨 미련이 있을 것인가.

그게 이유였다.

장손무길은 극도로 분노한 구양일산의 기색을 뻔히 보면서도 물러나지 않고 주장했다.

"그렇소. 납득할 수 있는 설명이 필요하오."

구양일산의 눈에 불이 켜졌다.

"그러니까, 너는 지금 나에게, 여기 금검사자대의 대주인이 구양일산에게 상황을 보고 파악해서 가부를 결정할 자격도 없다고 생각한다 이거네?"

장손무길이 냉소를 날렸다.

"내 말을 호도하지 마시오. 나는 그저 대주가 그런 결정을 내린 솔직한 이유를 듣고 싶을 뿐이오."

구양일산은 실소했다.

너무 화가 나서 오히려 웃음이 나왔다.

이거야말로 울고 싶은 아이의 뺨을 때려 주는 격이라 기꺼운 마음마저 들었다.

그는 말의 옆구리를 가볍게 차서 장손무길의 곁으로 다가가며 말했다.

"그 말이 그 말인 거다. 나는 개처럼 맹주의 명령만 따르면 된다고 생각하는 거야. 금검사자대의 대주인 내게 상황이고 지랄이고 간에 금검사자대를 움직일 능력도, 권리도 없다고 생각하는 거지. 안 그래? 내 말이 틀리냐?"

사람 중에는 화가 나서 말을 많이 하는 사람이 있는 반면에 화를 내려고 말을 많이 하는 사람도 있다.

지금 구양일산은 후자에 속했다.

말을 시작하면서 서서히 달아오른 그의 분노가 이내 머리 꼭대기까지 치솟아 버린 것 같았다.

얼굴은 붉어지고, 입술은 시퍼렇게 변하며 두 눈에는 광망이 흐르고 있었다.

장손무길은 그런 구양일산의 변화에 내심 통쾌해 하며 이내 조소를 머금고 준비해 둔 말을 꺼냈다.

그간 참고 들어준 수발을 생각하면 조금 더 골려 주고 싶은 마음도 없지는 않았지만, 매사 적당한 것이 좋았다.

"비약이 너무 심하시오, 대주. 알겠소. 미안하오. 대주를 모욕하고 싶은 마음은 추호도 없으니, 차라리 본인이 물러나지요. 본인이 금검사자대를 떠나겠소."

장손무길은 애써 웃음기를 지운 채 말머리를 붙여서 면전으로 다가선 구양일산을 향해 정중히 공수했다.

"그동안 고마웠소."

"대체 뭘 알겠고, 뭐가 미안하다는 게냐?"

구양일산이 어이없다는 표정으로 웃으며 반박했다. 그리고 순간적으로 칼을 뽑아서 장손무길의 배를 찔렀다.

정말이지 누구도 예상치 못한 상황이었다.

장손무길 역시 그래서 뻔히 눈으로 보면서도 피하지도, 막지도 못했다.

"헉!"

장손무길은 헛바람을 삼키며 이미 복부 깊숙이 파고든 칼날을 맨손으로 잡은 채 경악과 불신에 찬 눈빛으로 구양일산을 바라보았다.

구양일산이 그에 아랑곳하지 않고 장손무길의 배를 찌른

칼을 사정없이 잡아 뽑았다가 다시금 깊숙이 쑤셔 넣었다.

"끄으……!"

장손무길의 무언가 말을 하려는 듯 입을 벌렸으나, 말 대신 피만 쏟아졌다.

구양일산이 그걸 보고 웃으며 속삭였다.

"주고 싶은 모욕은 다 주었으니 됐다는 거냐? 그래서 이제 미안하다는 말 한마디로 그냥 끝내려고? 그럼 나도 알겠고, 미안하다. 이렇게 칼질을 해서 말이다."

구양일산은 이를 갈고 분노를 더하며 거듭 장손무길의 배를 찌른 칼을 뽑아냈다가 다시금 깊이 찌르기를 반복했다.

"그리고 나도 고마웠다. 당분간 참으라고 해서 대체 이 화를 어디다 풀어야 하나 걱정이 태산이었는데, 네가 이렇게 나를 도와주는구나. 하지만 너 때문에 내가 사부의 명령을 어기게 되었으니, 책임은 져야지. 안 그러냐? 흐흐흐……!"

지금 구양일산은 누구도 알아들을 수 없는 말을 주절거리고 있었으나, 적어도 장손무길은 이미 아무것도 들을 수 없는 몸이었다.

숙여진 고개, 회색빛으로 변한 장손무길의 두 눈은 이미 죽음을 알리고 있었다.

설무백조차도 모르던 장손무길의 죽음에 얽힌 비사가 밝혀지는 순간이었다.

구양일산이 그제야 칼을 뽑아내며 힘없이 자신을 향해 숙

여지는 장손무길의 주검을 지저분한 물건을 내던지듯 뒤로 밀쳤다.

장손무길의 주검이 마상에서 떨어지면서 바닥으로 고꾸라졌다.

"퉤!"

구양일산이 사방으로 튀는 와중에 그의 입술에까지 튀긴 핏물을 아무렇지도 않게 뱉어 내며 주변을 쓸어 보았다.

담각과 과무기를 비롯한 금검사자대의 대원들 모두가 얼어붙은 것처럼 꼼짝도 하지 않은 채 그를 바라보고 있었다.

구양일산은 몸에 붙은 피를 털어 내고, 입가에 묻은 피를 소매로 쓰윽 문질러 닦았다.

그리고 이내 누런 이를 드러내며 말했다.

"장손무길은 맹으로 돌아가는 길에 바쁜 일이 있다면서 먼저 떠났다. 무슨 일인지는 몰라도 매우 중요한 일인 것 같아서 내가 보내 주었지. 너희들도 봤지?"

금검사자대의 대원들이 기다렸다는 듯 이구동성으로 대답했다.

"옙! 봤습니다!"

구양일산이 슬며시 고개를 돌려서 담각과 과무기을 지그시 바라보았다. 그들, 두 사람은 대답하지 않았던 것이다.

금검사자대의 대원들 모두가 구양일산의 시선을 따라서 그들에게 시선을 고정했다.

담각과 과무기의 눈빛이 흔들렸다.

그들은 이제야 구양일산이 금검사자대의 대원들을 얼마나 완벽하게 장악하고 있는지를 깨달은 것이다.

찰나의 시간이 영원처럼 길게 흐르는 와중에, 잠시 서로 시선을 교환한 그들이 이내 마상에서 뛰어내렸다.

거의 동시에 바닥에 엎어져 있는 장손무길의 곁으로 내려선 그들은 마치 사전에 약속한 것처럼 칼을 뽑아서 장손무길의 주검을 찌르고는 구양일산을 향해 고개를 숙였다.

"예, 저희들도 봤습니다."

변화의 전조前兆 (8)

장소도 다르고, 사람도 달랐으나, 이미 죽은 듯 바닥에 엎어진 사람의 몸에 칼을 찔러 넣는 사람들이 또 있었다.

인적이 드문 깊은 산속이었고, 작은 등록이 밝혀진 모옥의 내부였다.

한두 사람도 아니라 무려 여덟 사람이 그런 모습을 연출하고 있었다.

반백의 머리를 길게 늘어트린 마의노인 하나가 매섭게 눈초리로 지켜보는 가운데, 마치 호황을 이루는 음식점의 문 앞에 늘어진 손님처럼 여덟 명의 사람이 줄을 서서 기다리고 있다가 차례대로 한사람씩 나서서 죽은 듯이 바닥에 엎어져 있는 사람의 몸에 칼을 찔러 넣고 있었다.

이윽고, 여인 하나가 표함된 여덟 명의 사람이 모두 다 칼을 쓰고 나서 지나가고 나자, 매서운 눈초리로 그들을 지켜보고 있던 마의노인이 나서서 바닥에 엎어진 사람을 똑바로 눕히고는 목의 명맥을 짚더니, 그럴 줄 알았다는 듯 말했다.

"역시 아직 안 죽었군. 그럼 마무리는 내가 하지."

마의노인은 품에서 비수 하나를 꺼내더니 명맥을 짚고 있던 사람의 목에 아무렇지도 않게 깊숙이 찔러 넣었다.

푹―!

섬뜩한 소음과 함께 비수가 들어간 사람의 목에서 붉은 핏물이 쏟아졌다.

마의노인이 잠시 그 모습을 보다가 비수를 뽑아내고는 다시금 그 사람의 명문을 짚어서 생사를 확인하더니, 이내 흐뭇한 미소를 지었다.

굳이 말은 하지 않았지만, 바닥에 엎어진 사람의 목숨이 이제야 완전히 끊어진 것이다.

마의노인이 수중의 비수를 죽은 사람의 몸에 쓱쓱 문질러서 닦고 일어나며 좌중을 향해 씩 웃었다.

"자, 이제 우리는 다 함께 힘을 모아 금모호(金毛虎) 임각(林却)을 죽임으로서 확실하게 한 배를 타게 되었소. 모두 지금의 약속을 잊지 말길 바라오."

지금 바닥에 널브러진 주검의 중체가 금모호 임각이라는 소리였다.

만일 지금 다른 누가 이 말을 들었다면 정말이지 놀라 자빠졌을 것이다.

그도 그럴 것이, 금모호 임각은 산왕이요, 산귀라 불리는 작금의 녹림도총표자인 산신군의 하나뿐인 제자였기 때문이다.

그러나 지금 장내에 있는 사람들의 반응은 무덤덤하기만 했다. 다들 묵묵히 고개를 끄덕이는 것으로 마의노인의 말을 인정하고 있을 뿐이었다.

마의노인이 그런 좌중을 둘러보며 다시 말했다.

"그럼 이제 다음 계획을 논의합니다. 거사 당일 산신군을 정확히 제거할 수 있으려면 그전에 먼저 그자의 그림자인 추혼십절 구중선과 구룡편(九龍鞭) 노량(盧良)부터 처리해야 하오. 그들이 있다면 제아무리 완벽한 함정에 구축해도 산신군을 놓칠 수가 있소. 혹시 누구 따로 생각해 놓은 계획이라도……?"

여덟 명의 사내 중 하나가 슬쩍 손을 들어서 좌중의 시선을 모으며 의견을 냈다.

"어차피 임각과 만찬가지로 독을 쓰는 수밖에 없소. 마침 내게 생각해 둔 방법이 하나 있으니 맡겨 주면 한번 처리해 보겠소."

마의노인이 눈살을 찌푸렸다.

"이건 그리 쉽게 주고받을 일이 아니오. 하물며 구중선과 노량은 임각과 달리 매사에 치밀한 자들이라 독을 쓰기가 쉽지 않을 거요. 하니, 계획이 있다면 이 자리에서 모두에게 밝히고 가부를 결정하는 것이 좋겠소."

좌중 모두가 마의노인의 의견에 동의한다는 듯 고개를 끄덕이며 의견을 낸 사내를 바라보았다.

의견을 낸 사내가 정 그렇다면 어쩔 수 없다는 듯 설명했다.

"그간 살펴본 바, 구중선은 술을 많이 마시지는 않지만 매우 아끼는 애주가이고, 노량은 호색한(好色漢)은 아니나 지병으로 죽은 전처의 소생인 아들과 사느라 오래도록 여자와 잠자리를 하지 못했소. 그리고 그들은 둘도 없는 친구라 누구보다도 서로를 잘 알고 있소."

양손의 손가락을 하나씩 펴서 구중선과 노량을 표현한 사내가 두 손가락을 교차하고 싸늘한 미소를 머금으며 결론을 말했다.

"거사 전날 밤, 노량은 아들에게 좋은 술을 들려서 구중선에게 보낼 것이고, 구중선은 빼어난 기녀 하나를 골라서 노량에게 보낼 것이오."

물론 그들 스스로가 그렇게 한다는 소리가 아니었다.

지금 말하는 사내가 그렇게 꾸미겠다는 소리였다.

"좋소! 정말 뛰어난 발상이오!"

마의노인이 사내의 말이 끝나기 무섭게 연신 찬탄하며 고개를 끄덕거렸다. 왜 자신은 진즉에 그런 생각을 못했는지 아쉽다는 표정이 역력한 태도였다.

그러고는 이내 좌중을 둘러보며 물었다.

"어떻소? 과연 훌륭한 계획이 아니오?"

좌중의 모두가 기껍게 고개를 끄덕이는 것으로 사내의 의견에 동의했다.

마의노인의 그제야 활짝 웃는 낯으로 회의를 끝냈다.

"그럼 거사 이전 구중선과 노량의 처리는 백(伯) 선비에게 일임하는 것으로 하고, 오늘 모임은 이만 끝내도록 하겠소."

백 선비라는 사내를 비롯한 여덟 명의 사내들 모두가 말없이 서로서로 눈인사를 나누며 밖으로 사라졌다.

마의노인은 그 자리에 남았다.

핏물에 젖은 모옥의 바닥에 선혈이 낭자한 모습으로 엎어져 있는 임각의 주검을 처리하기 위해서였다.

모두가 그렇게 사라지고 모옥의 내부가 비워진 다음이었다.

문득 모옥의 천장에서 붉은 그림자 하나가 나타나서 서서히 커지더니, 이내 길게 늘어져서 바닥으로 흘러내리며 사람의 형상으로 뭉치는 천하의 기사가 벌어졌다.

마의노인은 아무런 기척도 없이 자신의 뒤에서 벌어진 그 광경을 마치 눈으로 보기라도 한 것처럼 이미 알고 있었다.

"혈마(血魔), 항상 뒤에서 나타나는 그 버릇을 못 고치면 언제고 내게 큰 코 다칠 줄 알아라."

"미안, 미안. 습관이 돼서……."

사람의 형상으로 변한 붉은 그림자, 혈마가 마치 바람에 흔들리는 갈대처럼 흐느적거리며 칼칼한 노인의 목소리를 흘려

냈다.

"하지만 걱정하지 마라. 내가 적어도 지마(地魔) 네 손에 죽을 일은 없으니까."

지마라 불린 마의노인이 천천히 돌아서서 무감동한 눈빛으로 붉은 그림자인 혈마를 바라보았다.

"흰소리 말고 다녀왔으면 어서 상황이나 전해."

붉은 그림자, 혈마가 아지랑이처럼 흔들리며 예의 칼칼한 노인의 음성으로 대꾸했다.

"일대는 옥문관(玉門關)을 통해서, 다른 일대는 산해관(山海關) 통해서 그리고 나머지 일대는 주산군도(舟山群島)를 통해서 중원으로 들어올 거다."

"시기는?"

마의노인 지마의 질문에 아지랑이처럼 흔들리는 붉은 그림자의 정체, 혈마가 기괴한 웃음을 흘렸다.

"큭큭, 아무래도 네가 준비한 거사를 바짝 당겨야 할 것 같다. 큭큭……!"

지마가 짜증스럽게 물었다.

"무슨 소리야 그게?"

혈마가 재미있다는 기색으로 대답했다.

"시기는 중원 각지에서 우리의 살생부에 적힌 아이들의 제거가 완료되는 시점이다."

그는 예의 기괴한 웃음을 흘리며 덧붙였다.

"큭큭, 대략 보름 내외겠지 아마? 큭큭큭……!"

＊

"천사교의 방술사들이 황실의 재초 행사를 주관했다는 것
이 사실로 드러났습니다."

"확실하오?"

"확실한 것 같습니다. 백관(百官)들 중에 우리 측의 지원을
받는 자들이 다들 이구동성으로 말하고 있습니다."

"하면, 천사교의 교주는……?"

"끝내 자리에 등장하지 않았다고 합니다."

"좋지 않구려. 좋지 않은 냄새가 나오. 황실의 재초 행사를
주관하면서 교주가 나타나지 않다니, 이건 황실을 눈 아래로
보는 것과 다름없지 않소?"

"정작 황실에서는 그렇게 생각하는 것 같지 않습니다."

"그래요?"

"내명부야 말할 것도 없고, 황제폐하도 묵인하셨으며, 공신
들을 포함한 모든 신료(臣僚)들도 별다른 기색 없이 조용합니
다. 실제로 황제폐하께서 이전의 경우와 달리 개국공신인 우
리 위천군에게 아무런 기별도 없으시질 않습니까."

"그거야 그다지 중요하게 생각하지 않으니 그러지 않으셨겠
지요."

"이거 왜 이러십니까, 맹주님. 그간 황제폐하께서 언제 이러신 적이 있으셨던가요? 한 번도 없으셨지 않습니까?"

"필부의 도량으로 감히 황제폐하의 흉금을 어찌 짐작할 수 있겠소. 일단 조금 더 기다려 봅시다."

"그럼 늦습니다."

"늦다니요?"

"자칫 천사교에게 우리가 가진 황궁의 기반을 빼앗길 수도 있다는 생각을 왜 못하시는 겁니까?"

"설마 그럴 리가……?"

"설마가 아닙니다. 생각해 보십시오, 맹주. 그동안 황제폐하께서 이러신 적이 언제 있으셨습니까? 한 번도 없으셨지 않습니까. 아무리 내명부의 소관이라고는 하나, 이렇듯 전혀 언급이 없으신 것은 분명 황제폐하께서 우리 위천군 대신에 그들, 천사교를……!"

"어허, 생각이 너무 지나치시오!"

"아니요! 전혀 지나치지 않습니다! 천사교가 우리 위천군조차 모르는 사이에 황실의 눈에 들어서 재초 행사를 주관했다는 것은 그동안 무수한 암약을 통해서 우리가 상상할 수 없을 정도의 기반을 닦아 놓았다는 뜻입니다! 이건 절대로 그냥 우야무야 넘어갈 일이 아닙니다, 맹주!"

"어서, 아무리 그래도 그렇지……!"

"아니라니까요, 글쎄! 황제폐하께서 우리를……!"

남맹에서는 위화감을 조성하지 않기 위해서 그저 사대 흑도의 하나로 부르지만, 기실 강호 무림을 통틀어도 흑선궁과 더불어 양대 흑도의 하나로 통하는 쾌활림의 주인 암왕 사도진악의 언성이 성난 호랑이처럼 커지는 순간이었다.

벌컥 문이 열리며 남맹의 맹주 검선 남궁위악를 경호하는 친위대장이기 이전에 친조카인 상혼칠검(傷魂七劍) 남궁이성(南宮李成)이 차병과 찻잔이 담긴 쟁반을 들고 안으로 들어섰다.

긴한 얘기가 있다는 사도진악의 방문을 받은 남궁위악이 대화를 시작하기에 앞서 시켜 놓은 차가 이제야 준비된 것이다.

늦어도 한참 늦은 것인데, 전에 없이 불같은 성미를 드러내는 사도진악으로 인해 매우 당황스러워하고 있던 남궁위악은 그렇게 반가울 수가 없었다.

남궁위악은 장내의 분위기에 당황해서 눈치를 보고 서 있는 남궁이성에게 빨리 나서라는 눈짓을 보내며 서둘러 사도진악을 다독였다.

"자, 자. 그러지 말고 우선 차나 한잔하며 차분하게 다시 생각해 봅시다. 조급하게 서둘러야 하는 일이 있고 그러지 말아야 하는 일이 있지 않소. 이건 서두를 일이 절대 아니외다."

남궁이성이 눈치 빠르게 그들 두 사람, 남궁위악과 사도진악이 마주한 탁자에 차병과 찻잔을 내려놓았다.

남궁위악이 차병을 들어서 사도진악 앞에 놓인 찻잔에 차를 따라주고 자신 앞에 놓인 찻잔에도 차를 따랐다. 그리고 찻잔을 들었다.

사도진악이 마지못한 표정일망정 찻잔을 들어서 차를 마셨고, 남궁위악도 그 모습을 보며 한시름 놓은 표정으로 입에 댄 찻잔을 기울였다.

차는 뜨겁지도 차지도 않게 적당했다.

사도진악이 단숨에 차를 마셔 버리며 찻잔을 내려놓았다. 그와 생각은 달라도 속이 타는 것은 같았던 남궁위악도 단숨에 찻잔을 비워 버리고 사도진악이 내려놓은 찻잔에 다시금 차를 따르려고 차병을 기울였다.

그러다가 왠지 모르게 미심쩍은 표정으로 변하며 찻잔에 기울이던 차병을 멈추었다.

남궁위악이 멈추고 싶어서 멈춘 것이 아니었다.

의지와 무관하게 그의 손이 움직이지 않고 있었다.

다음 순간!

쩔꺽! 데구루루-!

남궁위악이 놓친 차병이 탁자에 떨어져 굴렀다.

갑자기 그의 전신에서 힘이 빠져나가며 속이 뜨겁게 타들어가고 있었다.

"왜……?"

남궁위악은 절로 일어나는 의문에 입을 벌렸으나, 말 대신 핏물이 쏟아져 나왔다.

이제야 확실해졌다.

독이었다.

"……?"

남궁위악은 절로 고개를 갸웃거리며 맞은편에 앉은 사도진악을 바라보았다.

사도진악은 아무렇지도 않게 앉아서 그의 시선을 마주하고 있었다.

같은 차를 마셨는데 어찌 저 사람은 저리도 멀쩡한 것일까?

사도진악이 그의 속내를 읽은 듯 피식 웃으며 손가락으로 탁자 위에 엎어진 그의 찻잔을 가리켰다. 독은 차병의 차가 아니라 그가 마시는 찻잔에 발라져 있었던 것이다.

남궁위악은 의지와 무관하게 연신 피를 게워 내는 와중에 차를 가져온 남궁이성을 바라보았다.

남궁이성이 빙그레 웃으며 말했다.

"사천당문의 팔대극독 중 하나인 자오분심독(子午焚心毒)입니다. 그쪽 애들이 워낙 빡빡해서 참으로 어렵게 구했답니다."

남궁위악의 입에서 흘러나오던 피가 멈추었다.

대신에 그의 안색은 서서히 시커멓게 변해 가고 있었다.

빠르게 죽어 가고 있는 것이었다.

어느새 허리의 검 자루는 잡고 있으나, 도저히 뽑아내지 못하고 있는 그는 정말 힘겹게 남궁이성을 향해 물었다.

"너, 너는 누구냐?"

남궁이성이 대답 대신 손을 들어서 자신의 얼굴을 문질렀다. 순간, 그의 얼굴이 변했다.

인피면구를 쓰고 있었던 것인지, 아니면 그리 빨리 변할 수 있는 역용술을 익힌 것인지는 모르겠으나, 대번에 바뀐 남궁이성의 얼굴을 확인한 남궁위악은 절로 두 눈을 크게 부릅떴다. 그야말로 충격을 먹은 표정이었다.

그럴 수밖에 없는 것이, 남궁이성의 바뀐 얼굴은 바로 남궁위악 그 자신의 얼굴이었기 때문이다.

그런 그가 히죽 웃으며 말했다.

"보면 모르겠는가? 나는 남궁위악이다."

놀랍게도 목소리 또한 남궁위악의 그것과 같았다.

남궁위악은 그 목소리에 놀라는 와중에 또 하나의 새로운 사실을 알아차리며 절로 눈을 크게 떴다.

남궁이성이 그와 똑같은 옷을 입고 있었다.

이제 남궁이성은 완벽하게 또 하나의 그였다.

남궁위악은 부들부들 떨리는 손을 내밀어서 남궁이성을 잡으려고 했다. 그러나 그의 손은 미처 다 내밀어지기도 전에 힘을 다해 늘어지고, 그의 고개도 힘없이 탁자로 처박혔다.

죽음이었다.

사도진악이 아무렇지도 않게 자리를 털고 일어나서 밖으로 나서며 주의를 주었다.

"당분간 남궁가의 애들은 절대 만나지 마시오. 특히 남궁유아 그 년은 곁에 얼씬도 못하게 하시오. 눈치가 귀신 같은 년이니 무슨 수를 써서라도 그렇게 해야 하오."

"여부가 있겠소. 걱정하지 마시오."

남궁위악의 모습으로 화한 남궁이성이 죽은 남궁위악의 얼굴을 매만지며 태연하게 대꾸하고는 이내 불쑥 물었다.

"그보다 북련의 일이 궁금하지 않으시오?"

밖으로 나서던 사도진악이 문가에 서서 뒤도 돌아보지도 않고 대꾸했다.

"교에서 주관하는 하는 일에 절대 관심을 가지지 말라고 한 것은 내가 아니라 그대요."

"이런, 그랬던가요? 하하하……!"

사도진악이 대하는 태도로 봐서 이제 남궁이성도 아닌 것 같은 가짜 남궁위악이 머쓱해하며 웃고 나서 재우쳐 말했다.

"그럼 그냥 알고나 계시구려. 지금쯤 북련주 또한 완벽하게 제거되었을 테니, 다른 걱정 말고 돌아가서 편히 쉬시오."

사도진악은 어련하겠냐는 듯 슬쩍 손을 들어 보이고는 그대로 밖으로 나갔다.

놀랍게도 그사이 가짜 남궁위악이 매만지던 죽은 남궁위악의 얼굴이 어느새 남궁이성의 얼굴로 바뀌어져 있었다.

가히 귀신도 곡할 역용술이었다.

이로써 오늘 죽은 것은 맹주 남궁위악이 아니라 친위대장 남궁이성으로 정해졌다.

남맹의 맹주인 검선 남궁위악을 독살하고 그 자리를 차지한 가짜 남궁위악이 자리를 떠나는 사도진악에게 해 준 말은 틀렸다.

그 시각 북련주인 팽마도 팽의정은 비록 숨이 턱에 차서 가쁜 숨을 몰아쉬고 있긴 했지만, 엄연히 죽지 않고 멀쩡히 들판을 내달리고 있었다.

"헉헉!"

대별산의 산마루를 등지고 자리한 거대한 장원인 북련의 총단에서 대략 이백여 리 떨어진 들판이었다.

팽마도 팽의정은 전신에 선혈이 낭자한 모습으로 미친 듯이 달리고 있었다.

북련의 맹주인 그가 이처럼 홀로 떨어져서 들판을 내달리고 있는 모습은 참으로 이해할 수 없는 상황이었다. 그러나 이것은 정작 팽의정 그 자신도 이해하지 못하고 있었다.

그는 그저 오랜만에 손자의 생일을 맞이해서 아들과 함께 식사를 하려던 것뿐이었다.

그리고 마침 북련의 총단에서 대략 이백여 리 떨어진 현(縣)급의 도시인 당하부(唐河府)에 요리를 매우 잘한다는 반점이 하나 있다는 얘기를 듣고 찾아갔을 뿐이고 말이다.

그런데 이렇게 어처구니없는 일이 벌어졌다.

정확히는 아들과 손자, 그리고 평소 친분이 두텁기도 하지만 그에 앞서 좀처럼 그의 곁에서 떨어지지 않는 북련의 군사인 신기서생(神機書生) 송백(末白)과 십여 명의 친위대원들만 대동한 채 당하부의 북문 밖에 자리한 반점에 도착해서 점소이의 추천에 따라 숙수(熟手)의 특기라는 서너 개의 요리를 시켜 놓은 다음에 벌어진 일이었다.

오늘 생일을 맞이한 장손인 귀명도 팽대호가 갑자기 웃는 낯으로 자신의 아버지이자 그의 아들인 풍뇌도 팽무종의 가슴에 칼을 박아 넣었다.

팽의정은 너무나도 놀랐고, 정말이지 눈에 보이는 그 광경을 믿을 수가 없어서 꼼짝도 하지 못했다.

그런데 그사이, 믿을 수 없는 상황이 계속해서 벌어졌다.

무언가 수상쩍은 낌새를 차린 듯 친위대장인 분척수검(紛刺手劍) 유달(劉達)이 뛰어 들어오자, 평소 힘 하나 없이 비칠거리기만 하던 유약한 군사 송백이 번개처럼 칼을 휘둘러서 유달의 머리를 날려 버렸다.

친위대장 유달은 죽으면서까지 본인의 책무를 다했다.

그의 목에서 뿜어진 뜨거운 핏물을 뒤집어쓴 다음에야 팽의정은 현실을 인정하며 정신을 차렸던 것이다.

팽의정은 마도라는 별호가 무색하게 즉시 발도해서 유달을 죽인 송백의 목을 베었다.

아니, 베어 버리려고 했다.

그러나 오늘의 송백은 그가 알던 어제의 송백이 아니었다.

송백이 짐승보다 빠르게 반응해서 그의 칼질을 피했던 것이다.

팽의정은 평소답지 않게 당황했다. 모든 상황이 그의 생각과 다르게 흘러가자 절로 그렇게 되었다.

그때 아버지의 가슴에 칼을 꽂은 아들, 바로 그의 장손인 팽대호의 칼날이 그를 노리고 휘둘러졌다.

팽의정은 감히 손자를 상대로 손을 쓸 수가 없었다.

뻔히 허점이 눈에 보였으나, 그는 그냥 창문을 통해서 밖으로 튀어나갔다.

그때까지도 그는 눈앞의 상황을 순수하게 인정하기보다는 정말 이게 사실인지 확인하려는 생각이 더 강했던 것이다.

그런데 그가 창문을 통해 나선 밖에도 인정하기 어려운 상황이 벌어져 있었다.

친위대원들 중 절반에 해당하는 예닐곱 명의 대원이 야차 (夜叉)와 같은 몰골로 그를 향해 칼끝을 겨누었다.

그 모습이 하도 황당해서 나머지 절반의 친위대원들이 어디에 있는지는 뒤늦게 발견했다.

나머지 절반의 친위대원들은 선혈이 낭자한 모습으로 바닥에 널브러져 있었다. 친위대에 섞인 절반의 간자들이 그를 따르는 나머지 절반을 미리 죽여 버린 모습이었다.

팽의정은 이제 더는 망설이지 않고 칼을 휘둘렀다.

그의 칼이 마도라는 명성 그대로 득달같이 달려드는 친위대원들의 목을 삽시간에 베어 버렸다.

그 순간에 어디선가 다가온 칼날들이 그의 어깨와 등을 베고, 옆구리와 허벅지를 훑고 지나갔다.

어이없게도 앞서 선혈이 낭자한 모습으로 바닥에 널브러져 있던, 그래서 당연히 죽었다고 보았던 친위대원들이 그를 기습한 것이었다. 그리고 또 한 번의 기습이 그를 공격했다.

반점의 창문을 통해서 그를 따라나선 손자 팽대호와 군사 송백의 칼이었다.

팽의정은 와중에도 기민하게 물러나서 그들의 기습을 피하며 절감했다. 지금 그는 완벽한 함정에 빠져 있었다.

대체 어떻게 이런 일이 벌어질 수 있는 것일까?

팽의정은 의문을 뒤로한 채 그대로 신형을 날렸다. 그리고 사력을 다해서 달리고 또 달렸다.

살아야 했다. 살고 싶어서 살아야 하는 것이 아니었다.

복수조차도 둘째 문제였다.

도대체 어떤 경로를 통해 이런 일이 벌어진 것인지 알아야만 했다. 아니, 적어도 이와 같은 사실을 북련에 알려야 했다.

이건 그의 가문만의 문제가 아니라 북련에 속한 모든 가문가 문파의 문제일 것이기 때문이다.

바로 그것이 지금 그로 하여금 팔순의 나이와 당장에 쓰러져도 이상할 것이 없을 정도로 많은 피를 흘렸고, 또 여전히 흘리면서도 미친 듯이 달리게 만드는 원동력이었다.

그러나 아무래도 그의 뜻을 쉽게 이루기는 어려울 것 같았다.

취릭—!

날카로운 소음과 함께 예리한 살기가 팽의정의 뇌리를 강타했다. 팽의정은 그게 자신의 뒷등을 노리는 살기임을 직감하며 본능적으로 신형을 틀었으나, 이미 늦었다.

화끈한 열기가 그의 어깨를 할퀴고 지나갔다.

뒤따라온 누군가가 던진 비도였다.

팽의정은 그 격통을 이기지 못하고 앞으로 구르다가 간신히 일어났다. 그리고 이제 더는 달릴 수 없음을 느끼며 힘겨운 절망감에 사로잡혔다.

이제 더는 여력이 없기 했으나, 그에 앞서 혼미해지는 정신과 가물거리는 시선 속에서도 마침내 자신을 따라잡고 포위한 팽대호와 송백, 그리고 일곱 명의 친위대원을 어렴풋이 느낄 수 있었기 때문이다.

"그만 포기하지? 이거 너무 추하잖아?"

어처구니없게도 손자인 팽대호가 그를 쳐다보며 비아냥거리는 말이었다.

팽의정은 이자는 자신의 손자가 아니라고 생각하면서도 어쩔 수 없이 가슴이 쓰려왔다.

이자가 자신의 손자가 아니라면 진짜 손자는 이미 죽었다는 결론인 것이다.

생각이 그에 이르자, 팽의정은 피가 거꾸로 솟구쳤다.

"오냐, 이놈들! 내 오늘 이 자리에서 너희들과 죽음을 함께 하겠노라!"

팽의정은 어금니가 부서지도록 악물며 수중의 칼을 단단히 움켜잡았다. 이제 그는 진심으로 죽음을 각오하고 있었다.

그때였다.

"어라? 이게 대체 무슨 상황이라는 거지?"

어디선가 들려온 생경한 목소리가 팽의정의 귓속을 파고들었다. 느낌적인 느낌으로 이건 그의 손자 행세를 하는 놈이나 군사 송백 등의 무리가 아니었다.

목소리가 들려오자 놈들도 한순간 긴장하고 있다는 것을 그는 느낄 수 있었다.

그렇다면 적이 아니다!

팽의정은 애써 소매를 눈을 비벼서 핏물을 닦아 내며 안력을 집중했다. 약간의 안력이 돌아오며 전방 비스듬한 언덕에 서 있는 일단의 무리가 시선에 들어왔다.

선두에 두 사내, 그리고 그 뒤에 열댓 명의 사내들이 늘어서 있는데, 특이하게도 하나같이 장창을 어깨에 걸치고 있었다.

팽의정은 전통의 명문과 팔순의 자존심을 가차 없이 내팽개치며 소리쳤다.

"누군지 모르겠으나, 노부는 팽마도 팽의정이라고 하오! 부디 도와주시오!"

장창을 들고 나타난 사내들 중 선두 두 사내가 어리둥절하
며 탄성을 발했다.

"팽마도 팽의정이라면 북련의 맹주……?"

"뭐야, 이거? 닭을 잡고 있는데, 꿩이 나타났잖아?"

득달같이 앞으로 나서는 그들 두 사람은 바로 설무백의 명
령에 따라 열두 명의 광풍대원들과 이끌고 한중 등지에서 암
약하는 마적단 용화당을 소탕하던 중인 풍사과 천타였다.

풍사와 천타가 열두 명의 광풍대원들과 함께 섬서성의 남
서부인 한중 일대에서 암약하는 마적단인 용화당을 소탕하러
나선 지는 벌써 한 달이 넘어가고 있었다.

용화당은 세간의 소문 이상의 조직이었다.

용화당의 우두머리인 용화신도 이적필은 오래전부터 흑도
십웅의 한 자리를 노리는 고수라고 소문 그대로 상당한 무위
를 자랑했고, 그 예하로 뭉친 자들은 총인원이 무려 오백이
넘었으며, 제법 무공에 능한 정예만 따져도 이백에 달했다.

그러나 풍사와 천타 등이 한 달을 넘기도록 시간을 끌게 된
것은 그와 같은 용화당의 능력 때문이 아니었다.

제아무리 용화신도 이적필이 세간의 소문 그대로 강하고,
그 예하의 무리가 예사 마적들과 달리 상당한 수준의 무공을
익힌 자들이라고 해도 풍사와 천타 등이 볼 때는 우스운 수준
에 불과했다.

풍사와 천타의 능력은 말할 것도 없고, 오래전부터 그들과 함께 대막을 휩쓸었으며 중원으로 들어와서는 날고 기는 다수의 고수들과 경쟁하며 무지막지한 수련을 거친 그들, 광풍대원들은 이미 개개인이 강호일류를 넘어선 고수였다.

그럼에도 불구하고 그들이 이리 적잖은 시간을 소비한 것은 순전히 용화신도 이적필이 가진 한 가지 독특한 능력 때문이었다.

그건 바로 도망치는 능력이었다.

요컨대 한중 일대에서 악명을 떨치던 용화당은 이미 보름 전에 와해되었다.

그들은 풍사와 천타 등의 강력한 무력과 상황에 따라서 적당히 치고 빠지는 유격전을 도저히 감당해 내지 못했다.

태반이 풍사와 천타 등의 손에 죽어 나갔으며, 힘겹게 목숨을 부지한 자들은 뿔뿔이 흩어졌다. 중도에 뭉치는 자들도 있기는 했으나, 그리 오래가지 못했다.

풍사와 천타 등은 이미 그런 상황을 예견하고 있었기에 절대 그대로 놔주지 않았다.

귀신처럼 놓치지 않고 집요하게 추적해서 완전히 소멸시켜 버렸다.

하지만 용화신도 이적필은 그 와중에도 쥐새끼처럼 아니, 미꾸라지처럼 잘도 빠져나갔다.

이적필이 다른 건 몰라도 내빼는 경공술의 수준이 풍사와 천타 등을 앞서는 바람에 더욱 그랬다.

나름 용의주도하게 포위해도 소용없었다.

잡았다 싶어도 이미 빠져나가서 없고, 이제는 절대 놓치지 않겠다 싶어도 어느새 사라진 다음이었다.

오늘 풍사와 천타 등이 지금 이 시간에 섬서성이 아닌 여기 하남성의 북부에 나타난 이유가 바로 거기에 있었다.

용화신도 이적필의 쫓고 쫓기는 추격전이 우연찮게도 그들을 이곳으로 인도한 것이다.

그러나 그와 같은 사정을 알 도리가 없는 팽대호와 송백 등의 눈에 들어온 풍사와 천타 등은 그저 재수 없게 마주친 도적들이었다.

하긴, 그들의 몰골이 딱 그랬다.

보름이 넘도록 씻지도 자지도 못한 채 이적필의 뒤를 추적하느라 그들의 몰골은 거지꼴이 따로 없었다.

게다가 그들은 하나같이 장창을 들고 있었다.

무기는 장병일수록 위력이 강하다는 것은 사람이라면 누구나 다 아는 상식이다.

모순적이게도 그렇기 때문에 무림인들은 장병인 창을 천시하는 경향이 있다.

이는 창이 도나 검과 달리 휴대가 불편하다는 이유도 있긴 했으나, 그에 앞서 병사들의 기본적인 무기일 정도로 누구나가 다 쉽게 사용할 수 있다는 점이 더욱 작용한 심리이다.

강호 무림에는 십일창(十日槍), 백일도(百日刀), 천일검(天日劍)이라는 말이 있는데, 이것은 창은 십 일이면 사용이 가능하고, 도는 백 일, 검은 천 일을 수련해야 제대로 사용할 수 있다는 뜻으로, 강호 무림인들의 병기에 대한 고정관념을 대변하는 말인 것이다.

남맹의 군사인 신기서생 송백의 모습을 하고 있으나, 기실 애초에 진짜 송백을 죽이고 그 자리를 차지한 상태로 남맹에 가입한 천사교의 백팔사도(百八使徒) 중 하나, 광목인마(廣目刃魔)는 그래서 비극을 맞이했다.

"하찮은 것들이 재수도 없지!"

광목인마는 팽의정의 외침을 듣고 외침을 듣고 반사적으로 나서는 두 사람, 풍사와 천타의 면전으로 뛰어들며 끌끌 혀를 차고 있었다.

몰골을 보니 어디 가서 제대로 행세도 못하는 도적 나부랭들인지라 어서 후딱 목을 쳐 버릴 심산이었다.

다른 때였다면 지금처럼 막무가내로 서두르지 않았을 테지만, 지금의 그는 달랐다.

서둘러 팽의정을 잡아 죽여야 한다는 조급함이 평소 예리하게 작동하던 그의 안목을 가렸다.

반면에 그런 그를 맞이하는 풍사와 천타는 적어도 긴장의 끈을 놓지 않고 있었다.

당연했다.

그들이 보는 상대는 북련의 맹주인 팽마도 팽의정을 사지로 몰고 있던 고수였다.

결코 가볍게 볼 상대가 아닌 것이다.

가뜩이나 실수와 실책으로 나선 광목인마에게 그것은 중대한 악재였는데, 거기에 한 가지 악재가 더 겹쳤다.

대막 출신인 풍사와 천타는 일단 싸움에 나서면 중원의 무인들처럼 남의 싸움에 나서지 않는 것이 예의요, 미덕이라고 생각하는 것이 아니라 가능하면 한 칼 날려서 돕는 것을 미덕이라고 생각하는 전사라는 것이 바로 그의 두 번째 악재였다.

피슝─! 팍─!

풍사가 냉소를 날리며 칼을 휘두르는 광목인마를 향해 직선으로 창을 뻗어 내서 찌르다가 갑자기 떨구어서 바닥을 때렸다.

희뿌연 흙먼지가 뭉클 일어나는 가운데, 바닥을 때린 탄력을 받아서 성난 독사의 머리처럼 솟구친 창극이 그대로 광목인마의 목을 노렸다.

"헉!"

광목인마가 도저히 예상치 못한 상황에 직면한 사람처럼 크게 당황하며 다급히 뒤로 물러났다.

방심한 상황인데다가, 풍사의 창극은 워낙 빨랐기 때문에 그로서는 막을 수도, 피할 수도 없어서 그게 최선이었다.

호신강기에만 의존하기에는 쇄도하는 창극에 실린 경기가

너무도 막강하게 느껴졌기에 다른 방법이 없었다.

그러나 그를 노리는 창극은 하나가 아니라 두 개였고, 그 다른 창극은 풍사의 창극이 바닥을 쳐서 흙먼지를 일으켰을 때부터 그냥 길게 찌르고 들어가고 있었다.

바로 풍사와 함께 나선 천타의 창극이었다.

"……!"

광목인마가 뒤늦게 그것을 발견하며 거듭 뒤로 물러나려 했지만, 그때는 이미 늦어 버렸다.

까강-!

창극의 강기가 호신강기를 뚫고 들어오며 강렬한 쇳소리를 터트렸고, 그 소리가 뒤를 이어 터진 섬뜩한 소음을 소리 없이 삼켜 버렸다.

푹-!

천타의 창극이 광목인마의 가슴을 여지없이 꿰뚫으며 일어난 소음이었다.

"……!"

광목인마는 극렬한 통증에 몸을 떨면서도 비명은 지르지 못했다. 지를 수가 없었다.

그는 멈췄지만, 여전히 멈추지 않고 쇄도한 풍사의 창극이 한껏 벌어진 그의 입에 쑤셔 박혔기 때문이다.

"저, 저런……!"

광목인마와 같은 천사교의 백팔사도 중 하나로, 얼마 전에 팽대호를 죽이고 인피면구를 만들어서 팽대호 노릇을 하다가 오늘 본색을 드러낸 소천비마(小天飛魔)는 너무 놀란 나머지 잠시 꼼짝도 하지 못하고 그대로 서 있었다.

그럴 수밖에 없었다.

광목인마와 소천비마 그 자신이 포함된 천사교의 백팔사도는 위로 천사교주와 십이신왕 아래 백만 교도를 거느린 절정의 고수들이었다.

마신(魔神)의 경지인 천사교주의 지도아래 이미 극마지경(極魔地境)에 들어선 십이신왕과 비교할 바는 못 되지만, 세간에 알려진 전대의 그 어떤 마두들과 비교해도 절대 밀리지 않는 절대고수들이 바로 그들, 백팔사도인 것이다.

이런저런 설명을 다 떠나서 북련의 맹주이기 이전에 북무림의 최고수 중 하나로 손꼽히는 팽마도 팽의정을 암살하는 데 고작 백팔사도의 둘이 나섰다는 것만 봐도 그에 대해서는 두말할 나위도 없을 터였다.

백팔사도의 둘이면 작금의 강호 무림을 호령하는 그 어떤 명숙도 충분히 제거할 수 있다는 것이 그들, 백팔사도의 자부심이요, 자랑이었던 것이다.

그런데 대체 이게 무슨 일이란 말인가?

어디서 들도 보도 못한 도적 나부랭이에게 백팔사도의 하나인 광목인마가 속절없이 죽임을 당해 버렸다.

광목인마가 비록 백팔사도의 하위권이라고는 해도, 이건

절대 벌어질 수 있는 일이 벌어진 셈이라 소천비마는 너무 어처구니가 없어서 자신의 눈이 의심스러울 지경이었다.

그러나 그는 잘못 본 것이 아니었다.

그는 제대로 보았다. 이건 엄연한 현실이었다.

곧바로 이어진 단말마의 비명이 한순간 넋을 놓고 있던 소천비마의 정신을 일깨워 주었다.

"으악!"

"크아악!"

소천비마는 정신을 차리며 재빨리 장내를 둘러보았다.

그가 대동한 팽의정의 친위대원 일곱이, 바로 그와 광목인마가 오늘의 거사를 위해서 사전에 잠입시켜 놓은 천사교의 수하들이 피를 뿌리며 나가떨어지고 있었다.

광목인마를 죽인 두 사내와 함께 나타난 장창수들이 순식간에 그들을 덮친 것인데, 그야말로 제대로 싸우지도 못하며 속절없이 당하고 있었다.

"익!"

소천비마는 순간적으로 나서려다가 그냥 멈추며 갈등했다.

지금 졸개들이 문제가 아니었다.

전면에서 광목인마를 죽인 두 사내가 다가오고 있었다.

게다가 그의 측면으로 지근거리에 쓰러져 있는 팽의정의 모습도 눈에 아른거렸다.

오늘 그는 기필코 팽의정을 죽여야 했고, 팽의정으로 화해서 북련의 총단에 복귀해야 했다. 그런데 당연히 성공할 것이라고 생각하던 그 계획이 이제 요원한 일로 변해 버렸다.

거사는 실패했고, 이제 그는 사활을 걸고 표적인 팽의정을 마저 제거하느냐, 아니면 이대로 물러나야 하느냐를 결정해야 하는 입장에 놓여 있었다.

전면에서 다가오는 두 사내, 풍사와 천타의 위세가 그를 그렇게 몰아붙이고 있었다.

싸우면 질 것 같지는 않지만, 그렇다고 이길 수 있다는 장담도 할 수 없다는 것이 지금 소천비마가 풍사와 천타를 보며 느끼는 솔직한 감정이었다.

'대체 어디서 이런 것들이 나타난 것일까!'

결국 소천비마는 억장이 무너지는 기분 속에 마음을 정하며 그대로 신형을 뽑아 올렸다.

모든 것을 포기한 도주였다.

풍사와 천타만이라면 모를까 어느새 일곱 명의 졸개들을 처리하고 서서히 거리를 좁히며 다가서는 열두 명의 장창수들까지 상대할 자신이 그에게 없었다.

"놈……!"

천타가 순간적으로 소천비마를 따라가려 했다.

풍사가 본능처럼 손을 내밀어서 천타의 어깨를 잡으며 고개를 저었다.

"봐라. 이적필보다 더 빠른 놈이다. 게다가 우리 둘이서 잡을 수 있다는 보장도 없다. 저놈은 이놈처럼 방심하고 있지 않으니까."

저놈은 도주하는 소천비마이고, 이놈은 앞서 그들이 수중의 장창을 좌우로 헤쳐 버리는 바람에 넝마처럼 너덜너덜한 주검으로 변해 버린 광목인마를 두고 하는 말이었다.

천타가 심각한 표정으로 묵묵히 고개를 끄덕이며 소천비마가 사라진 어둠을 응시했다.

기실 그의 느낌도 풍사의 말과 다르지 않았던 것이다.

"대체 저런 놈이 어디서 나타난 거죠?"

"그야 저분이 알겠지."

풍사가 재빨리 자리를 옮겨서 바닥에 주저앉아 있던 팽의정의 상세를 살폈다.

팽의정이 진기의 고갈로 기력이 달린 듯 거친 숨을 쉬면서도 애써 풍사의 손길을 뿌리치며 다급히 말했다.

"본인도 모르오! 당장에 그걸 알아내야 하오!"

그는 비틀비틀 힘겹게 자리에서 일어나 풍사를 향해 정중히 공수하며 부탁했다.

"진심으로 구명지은(救命之恩)에 감사드리오! 다만 염치불구하고 부탁하오만, 본인을 북련의 총단으로 좀 데려다 주시오! 한시가 급해서 그러니 부디 도와주시오!"

풍사는 난감한 표정으로 천타를 바라보았다.

천타가 난들 무슨 생각이 있겠냐는 듯 어깨를 으쓱했다.

팽의정이 거듭 두 손 모아 사정했다.

"이건 어쩌면 우리 강북 무림의 사활이 걸린 일일 수도 있소! 제발 도와주시오!"

풍사는 어쩔 수 없다는 듯 한숨을 내쉬며 천타와 광풍대원들을 향해 말했다.

"이렇게 하자. 천타 너는 어떻게든 주군께 사정을 알리고 놈을 추적하고 있어라. 나는 이분을 북련의 총단에 모셔다 드리고 나서 합류하겠다."

천타가 수긍하며 대답했다.

"혹시 모르니 군데군데 흑화를 남기도록 하지요."

이건 정말 예정에 없던 사건이었다.

그래서 풍사가 상처 입은 팽마도 맹의정을 부축해서 북련의 총단으로 향하는 사이, 천타는 두 명의 광풍대원을 풍잔으로 돌려보내서 작금의 상황을 설무백에게 알리도록 하고 나머지 열 명의 광풍대원들과 함께 다시금 용화신도 이적필의 뒤를 추적하기 시작했다.

그때 설무백은 강서성 남창부의 외각에 자리한 모용세가의 장원을 목전에 두고 있었다.

다음 권으로 이어집니다

가휼 판타지 장편소설

전능하신 영주님

「아저씨 식당」가휼 작가의 신작
이보다 더 완벽한 지도자는 없었다!

하루하루가 벅찬 인턴, 유성
별똥별을 보며 기도 한번 했더니
바르테온령의 적장자로 깨어나다!

귓가에 울리는 시스템 메시지
선대의 안배로 한 방에 소드 마스터?!

썩어 빠진 행정부 숙청부터
오랜 숙적과의 피 튀기는 전쟁에
드워프와의 역사적인 교역까지……

상상하는 모든 것을 이루어 주는
전능하신 영주님이 등장했다!

암살자였던 군주

김기세 판타지 장편소설

죽음의 신에 의해 세상이 어지러울 때
암살자가 소리 없이 다가와 구원하리라!

가족을 잃고 왕국 변방에서 평범하게 살아가던
전설의 특급 살수 가브

동생이 생존해 있음을 알고 찾으러 떠나지만
그의 앞에 펼쳐진 것은
누구든 구울이 되어 버리는 흑마법의 세상!

세상을 집어삼키는 것이 마신의 계획임을 깨달은 가브는
대항할 힘을 갖추기 위해 나라를 세우고
군주의 길을 걷기로 결심하는데……!

군주가 된 암살자는 신도 살해한다!
마음 한편이 서늘해질 다크 판타지가 시작된다!